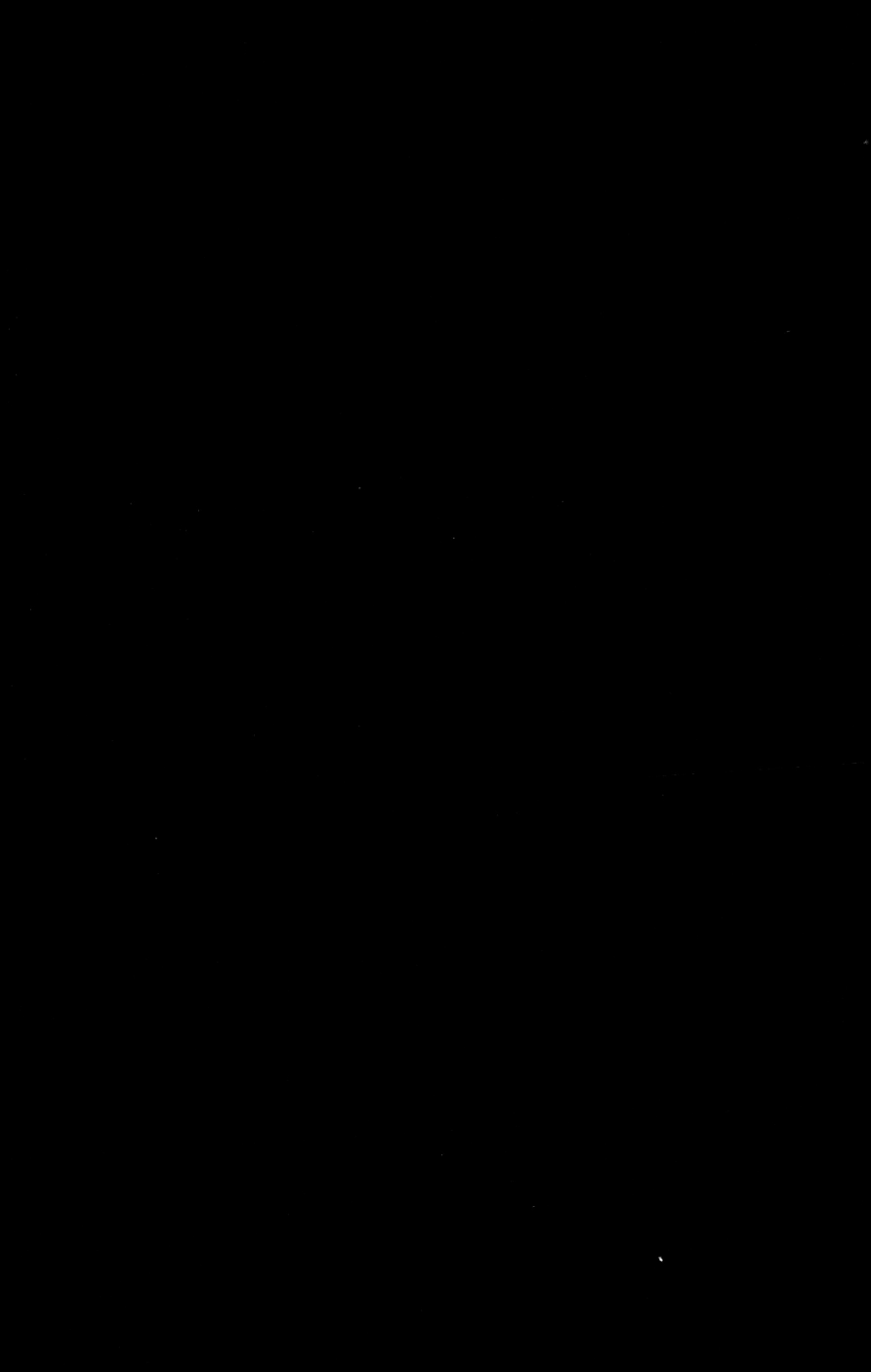

라면집과
새벽두시기
중독되다

2006년 5월 10일 초판 3쇄 발행

지은이 | 고연주
펴낸이 | 신난향
기획·편집 | 윤혜자 심재연
디자인 | 표지 엄혜윤 · 내지 이지현
영업·마케팅 | 한찬욱 조영
관리 | 오연희 김소라

펴낸 곳 | 맥스미디어
등록 | 2004년 3월 17일 (제 2-3955호)
주소 | 서울특별시 중구 순화동 6-1번지 이주빌딩 7층 A호
전화 | 02-752-9555 팩스 | 02-752-9570
홈페이지 | www.maksmedia.co.kr

ISBN 89-91976-03-4 43800

2006 ⓒ 고연주
이 책의 저작권은 맥스미디어에 있으며, 무단 전재나 복제는 법으로 금지되어 있습니다.
잘못된 책은 바꾸어 드립니다.
저자와의 협의에 의해 인지는 붙이지 않습니다.

맥스미디어는 독자 여러분이 자신을 사랑하고, 자신의 소중함을 깨달아 행복에 이르는 지름길로 안내하는 책을 만들겠습니다. 손에 쥐고 있는 것만으로도 그 풍요로운 마음이 옆 사람의 가슴까지 따뜻하게 하는 책을 만들기 위해 끊임없이 노력하겠습니다.

라면집과 새벽두시에 중독되다

고연주 지음

맥스media

추천의 글

꿈꾸는 청춘은 아름답다

심산 [시나리오작가 · 심산스쿨 대표]

어느 날 우연히 내 책 [한국형 시나리오 쓰기]에 대한 재기발랄한 서평을 읽었다. 나는 고맙다는 댓글을 달았고, 그는 내게 시네마서비스의 김인수님을 아느냐고 물었다. 예기치 못했던 인연의 타래가 빛을 뿜어내는 순간이다. 그렇게 해서 우리 세 사람은 한 자리에 모여 술잔을 기울이게 되었다. 이 기적 같은 만남의 광장이 바로 라오넬라의 블로그였다.

오프라인에서 만난 고연주는 온라인에서 상상했던 라오넬라보다 아름다웠다. 단지 청춘이었기 때문만은 아니다. 그는 '꿈꾸는 청춘'이었다. 그리고 무엇보다 '꿈'이라는 단어가 도무지 어울리지 않는 척박한 현실 위에 두 발을 굳건히 딛고 있었기 때문이다. 꿈꾸는 공주는 추하다. 그것 이외에는 달리 할 일이 없으니까. 하지만 고연주는 신데렐라의 꿈을 이룩해가는 사자이며, 사자의 기상을 지닌 신데렐라이기에 눈부시게 아름다웠던 것이다.

현재 지구 반대편의 사막 위를 하염없이 걷고 있는 그가 내게 소설 뭉치를 보내왔다. 어쩌면 소설이라기보다 자전적 에세이에 가까운 것인지도 모른다. 아무려면 어떠랴. 명칭이나 분류 따위는 개나 평론가에게 맡겨라.

일찌감치 블로거들 사이에서 정평을 얻은 바 있는 그의 글은 '꿈꾸는 청춘'의 뜨거운 입김을 더 없이 진솔하게 토해낸다. 그의 글을 읽으며 나는 새삼 확인한다. 세상은 여전히 살만한 곳이다. 그리고 꿈꾸는 청춘은 아름답다.

내 나이 절반의 그녀, 나의 친구

김인수 [시네마서비스 대표이사]

2006년 새해를 막 보내고 난 일요일. 띵동!
 오랜만에 로그인한 메신저에 누군가가 글을 날린다. '라오넬라'. 그녀는 지금 이집트에서 접속되어 있단다. 스물셋, 내 나이의 절반을 산 그녀는 나의 이웃이자 친구이다.
 처음 그녀를 만난(알게 된) 건 벌써 일년 반전쯤의 일이다. 늦은 나이에 블로그를 시작한 그 때, 그녀는 나의 이웃이 되었다. 열여덟의 나이에 편도 티켓 한 장 달랑 들고 영국으로 혼자 건너갔다던 그녀의 글들을 읽으며 나는 서서히 그녀에게 중독 되어가고 있었다.

 내가 산 세상의 절반만으로도 세상의 전부를 알아버린 것 같던, 웃음 뒤에 감춰진 세상살이의 질곡을 충분히 느낄 수 있었던, 그러나 결코 울지 않을 것 같은 모습을 한 그녀의 이야기들. 그 아픈 시간의 기록들을 이제 세상 밖으로 쏟아 내려 한다.

내가 그녀를 위해 할 수 있는 유일한 것은 책을 사는 일뿐이지만 그녀는 내게 추천의 글을 부탁한다. 어렵게, 그리고 조심스럽게.

이천육년 이월 십이일 새벽 두시, 나는 잠들지 못한다. 그녀의 인생에서 삶의 아픔을 읽고 또 읽는다. 그리고 조용히 혼자 읊조린다.

"죽지 말아요, 당신."

프롤로그

 이력서를 잔뜩 보내둔 탓에 일어나자마자 스멀스멀 책상으로 기어 오른다. 익스플로러를 켜고 메일을 확인한다. 첫 번째 제목을 클릭한다. 메일은 길지 않다. 다른 이의 소개로 내 블로그(blog)를 접하게 되었으며 내가 적은 글에 관심이 있으니 혹시 책을 쓰고 싶은 마음이 있다면 연락을 달라. 그리고 또박또박 적힌 연락처.
 픽. 소리 내어 픽, 웃는다. 열여섯에서 열일곱이 되고 열여덟이 되면서 느는 것은 몸무게만 아니라 능글맞은 의심도 함께인가 보다. 그래도 혹시나 하는 마음에 수화기를 든다. 전화를 하고 만날 약속을 잡는다. 전화를 끊을 때쯤 되니 현실임을 깨닫는다. 출판이라니. 기겁한다. 가까스로 몇 번이고 숨을 고른다. 전화를 겨우 끊는다. 숨을 몇 번이나 고르고서야 통화 내용을 떠올린다.

"그냥 연주 씨의 이야기를 하면 돼요."라는 말. 술자리에서나 자랑스럽다는 듯 떠들어 놓을 수 있던 이야기를 글로 쓴다, 라니. 휴대폰을 잡고 안절부절. 0번으로 저장된 H의 번호를 눌렀다가 뗀다. 다시금 1번으로 저장된 은주의 번호를 눌렀다가 뗀다. 긴 호흡을 한다. 0번과 1번은 의를 사이에 두고 나를 갈등케 한다. 정작 그 둘은 내가 누구에게 먼저 전화를 걸든지 따위 개의치 않을 테지. 어쩌면 '오빠에게 제일 먼저 전화한 거야.'라는 말에 '얼른 은주한테 말해야지.'라고 대답할지도 모른다. 내가 세워놓은 의리의 기준을 두고 갈팡질팡하는 것은 항상 내 쪽이다. 숨차도록 기쁜 일에 진심을 다해 숨이 막히는 단 두 사람. 의심의 여지가 없는 믿음이라는 것에 다시금 놀란다. 기쁨은 나누면 배가 된다지만 실컷 자랑을 해 놓고 나서도 항상 허무해진다. 적어도 내 기쁨이라는 것은 나눈다는 의미가 떠벌림으로 그것을 내 귀로 다시 확인하고 그것으로 배가되는 것. 그러나 그 둘과 나누는 순간, 그것은 이스트를 넣은 반죽이 되고야 만다. 크게 크게 부풀어 올라라.

일하고 있는 그들을 붙잡아 긴 통화를 했으면서도 모자라다. 깊은 곳에 묻힌 모자람. 가만히 무릎을 꿇고 안는다. 깍지 낀 손을 허벅지 위에 올린다. 나지막이 부른다. 엄마.

어떤 이야기를 먼저 해야 할까. 찬찬히 떠올리며 프로필을 정리한다. 이력서를 적을 때면 학력 고졸 (2001년 대학입학능력시험 합격) 외에는 적을 것이 없다. 억지로 하나를 구겨 넣어 더한다면 2001년~2002년 영국 런던 어학연수 1년. 적을 때마다 1년이나 어학연수를 한 것에 비해 영어 실력이 형편없음을 두고 행여 거짓말을 하는 것은 아니냐고 따지고 들까 두근거리면서도 항상 빼놓지 않는 한 줄. 그렇게 보잘 것 없는 이력을 두고 '내 이야기'를 하라니. 내가 쓴 글이 책이 되어 알지도 못하는 누군가가 읽을 것이라는 설렘. 그 설렘도 어느 정도 가시기 시작하자 내가 걸어온 길의 무게가 나를 짓누른다. 도무지 어디서부터 시작을 해야 할지 몰라 망연자실 하고 있다는 이야기를 적고 있다. 지금.

□ □ □ **Contents** □

추천의 글

프롤로그

제1장 엄마가 두고 간 기억 조각

10.6 세	사람들이 올래	18
11.6 세	날 위한 변명	23
14.7 세	얼룩진 얼굴	35
15 세	엄마 발은 여름, 내 발은 겨울	44

제2장 내가 독해? 독한 척 하는 거야

16.9 세	나갈 거야, 밀지 마	56
16.9 세	똥과 자퇴는 같은 것?	69
16.10 세	마지막 가출	75

□ □ □

제3장　나 이제 여기 살아요

16.10 세	큐빅 박힌 핀, 난 싫어	92
17.2 세	집 나간 아이들의 지하 대피소	103
17.9 세	환승구역	124

제4장　라오넬라처럼

18.1 세	내 병원비, 너 가져	148
18.7 세	악으로 버티기	157
19 세	국제 미아 고연주	179

제5장　끝나지 않았어, 내 얘기

20 세	무모한 10대들, 쯧쯧.	198
22.1 세	니도 모르는 일이 넌 미안하니?	204
22.10 세	감정의 나락, 새벽 두 시.	208

에필로그

내 생의 5할, 윤종선 여사님, 애처롭게 눈부신 우리 은주, 글로 나를 보듬을 수 있게 해주신 윤영자 선생님, 어떤 나락에서도 암묵적 희망이 되는 H에게.

라오넬라.
사자처럼 세상을 지배하고
신데렐라처럼 변신을 꿈꾸며…….

라오넬라, 고연주, 라오넬라, 고연주, 라오넬라…….
어느새 나는 라오넬라가 된다.

1장
엄마가 두고 간 기억 조각

사람들이 울래

그때의 나를 생각하면 경악하곤 한다.

열 살의 나. 가루가 된 엄마를 뿌리는 큰외삼촌을 보며 나도 하겠다고 한다. 63킬로그램이던 엄마가 6.3킬로그램도 안되게 변했다. 엄마라니. 허연 가루가 공기에 흩어진다. 칠월의 울창한 숲이 엄마를 담는다. 밀가루만 같아 도무지 실감이 나지 않는다. 엄마가 밀가루가 되었다고 생각하다 큰외삼촌을 바라본다. 덤덤하다. 엄마를 싸고 있던 노란 손수건. 큰외삼촌이 노란 손수건을 가장 큰 나무에 걸어놓는 모습까지 차분히 쳐다본다. 벽제 화장터에 있는 산.

산 밑으로 내려오니 이모들의 낯빛이 어둡다. 엄마를 손에 쥐고 있지도 않은 이모들은 차라리 소리친다. 어린 것은 어쩌라고 먼저 갔느냐고 악악거린다. 나도 그래야 할 것 같다. 엄마와 같이 보던 드라마에서는 다들 누군가가 죽으면 자지러지듯 악악거리니까. 누가 더 많이 우는지 내기라도 하는 것 같으니까. 울어야겠다고 생각한다. 그래야 착한 아이지.

 엄마를 떠올리다. 아침에는 미역국을 먹을까 묻던 엄마를 떠올린다. 김치찌개를 끓여 달라던 나를 떠올린다. 시험을 잘 치렀느냐고 묻는 엄마를 떠올린다. 1등을 했다는 말은 상장을 받고 난 후에 해야지, 하던 나를 떠올린다. 막 시작하려는 금요 베스트 극장을 떠올린다. 하루만 일하지 말고 금요 베스트 극장을 보자던 나를 떠올린다. 그러다 피 묻은 엄마를 떠올린다. 땅바닥에 스며든 엄마의 핏자국을 떠올린다. 착한 아이가 되려고 해도 그 피가 엄마 같지는 않다. 나무 상자에 담긴 엄마가 아무리 봐도 엄마는 아니어서 착한 아이는 되지 못한다. 울지 않는 큰외삼촌을 보며 어쩌면 큰외삼촌도 밀가루 같은 우리 엄마가 차마 엄마 같지 않은 모양이다.

"저 집은 누가 죽었대?"
"저기 저 꼬마 애 보이지? 쟤네 엄마래, 글쎄."
"아니, 근데 애는 멀쩡하네."
"아직 어리니까 뭘 몰라서 그렇지. 쯧쯧."

"아니, 아무리 철이 없어도 그렇지, 제 엄마가 죽었는데 어떻게 눈물 한 방울 안 흘린대."

"그러니까 애들이지."

자존심이 상한다. 돌고래를 꼬집는다. 엄마가 죽은 사람은 하얀 옷을 입어야 한다며 장롱 깊은 곳에서 꺼낸 하얀 돌고래 티셔츠. 배 위의 돌고래가 움츠러든다. 돌고래의 몸집이 점점 작아진다. 메마른 눈가는 움츠러든 돌고래 따위로 꿈쩍도 하지 않는다. 철없는 어린아이가 되고 만다. 4학년이나 되어 어린아이라는 소리 따위나 듣다니. 얼굴이 달아오른다. 하얗고 예쁜 한복이 아니라, 돌고래 티셔츠를 입었기 때문에 착한 아이 따윈 되지 못하는 것이라고 투정한다. 결국 문제는 메마른 눈가가 아니라 돌고래 티셔츠다.

"언니, 나 이상해."

"왜?"

"나…… 눈물이 안 나."

경희 언니가 웃는다.

"그게 좋은 거야."

착한 아이가 되지 못한 것이 좋은 것이란다. '그게 좋은 거야.' 경희 언니 말을 곱씹는다. 작은방 문 뒤에 서서 언니가 머리를 쓰다듬어 준다. 경희 언니는 공부도 잘하고, 바이올린도 잘 켜고, 착한데다 거짓말도 하지 않으니까. 언니 말에 한숨 놓는다.

학교에 도착하자 선생님이 나를 부른다. 소란스러운 아이들의 소리가 둥글게 뭉쳐진다. 슬픈 표정을 지어야 한다고 생각한다. 엄마를 잃은 어른들의 모습을 떠올린다. 벽제 화장터에서 보았던 어른들의 표정. 또 울어야 하나. 하지만 아무리 엄마를 떠올려도 그들을 흉내 내지 못한다.

"연수야, 괜찮니?"

가만히 고개를 끄덕인다. 눈물이 나지 않는 나라도 선생님은 나를 불쌍하게 생각하고 있는 것이다. 더 불쌍한 표정을 지어 보인다.

"누구나 엄마는 돌아가신단다. 다만 연주네 어머니께서는 조금 더 일찍 돌아가신 것뿐이야. 다른 친구들의 어머니께서도 언젠가는 돌아가시는 거야."

엄마의 장례식을 치르는 동안 몇 번이나 들었던 말. 교회 구역장 아줌마도 그런 말을 했었다. 생각해 보니 엄마의 엄마도 일찍 돌아가셨으니까 우리 엄마도 일찍 돌아가실 수 있다는 것도 이해할 만하다.

자리에 앉자 아이들이 가득 모인다. 친하지도 않았던 아이들이 옆자리에 앉겠다고 아우성이다. 갑자기 내가 왜 이렇게 인기가 많아진 것인지 어리둥절하다. 엄마가 돌아가셨기 때문이구나. 내가 어두운 표정을 지을수록 아이들은 더 많이 몰린다. 눈물을 흘리면 더 많은 아이들이 몰리겠구나, 생각한다. 그제야 나무로 된 책상에 짙은 갈색 점이 뚝뚝 찍힌다. 점이 점점 많이 찍힐수록 아이들이 웅성거린다. 내 곁에 몰려서. 그러니까, 발표를 하고 있지도 않은데 아이들의 눈이 모두 나를 향하고 있다는 것이다. 항상 나랑 다투던 주은이도 아이들 틈바구니에서 나를 본다. 날카로운 눈초리로 안경 너머 째려보기만 하던 주은이의 눈가가 너그러워진다. 그것이 좋아 한동안 울음을 멈추지 않는다.

날 위한 변명

나의 열여섯, 열다섯, 열, 또다시 열여덟, 열일곱, 열아홉. 그것들에 대해 언젠가는 이야기를 꼭 하리라는 다짐은 꽤 깊은 것이었다. 나는 작가가 될 거라고, 그러니까 이것들은 모두 내게 도움이 되는 일들이라고. 다른 사람들이 나를 보며 혀를 찰 때마다 나는 그리 생각했다. 그것으로 점점 고통은 줄어들고 때로는 그 고통마저 희열이 되곤 했다.
'더 불쌍해져라, 더 비참해져라.'
그런 내가 스물두 살이 되어 나의 열……을 글로 적는다.

아직 내게 엄마가 있던 때, 엄마가 그러신다.
"내가 살아 있으니, 이모고 삼촌이지. 엄마가 죽으면 아무도 아닌 거야."

 내가 삼촌이라 부르고 이모라 부르는 많은 아저씨, 아줌마들. 그리고 진짜 이모들. 엄마는 큰이모의 집 청소를 마치고 나오던 그날, 내 손을 꼭 잡고 그런 말씀을 하신다. 그리고 엄마가 떠난 날, 믿을 수 없을 정도로 많은 눈들이 홀로 된 나를 측은하게 바라본다.

 그런 눈빛들 속에서도 나는 울지 않는다. 아니, 영화에서처럼 길가의 나무를 부여잡고, 어머니의 영정 사진을 부여잡고 눈물을 흘리고 싶지만 아무리 애써도 눈물이 나오지 않는다. 어른들은 그런 나를 손가락질하거나 실감이 나지 않아 그렇다고 하지만, 나는 분명히 알고 있다. 엄마가 돌아가셨다는 것은, 다시는 엄마를 볼 수 없다는 것이다. 그러니까, 이제 나는 아비 없는 자식이 아니라 부모 없는 자식이며, 더 이상 내 이름 연주 대신 공주라고 불러 줄 이가 세상에 없다는 이야기다. 그런데도 눈물이 흐르지 않는다.

 어느 날 아침, 창문이 부서져라 사람들이 나를 깨운다. 어머니 가게에 가 보라고, 같이 가보자고. 황급히 달려가는 동네 어른들을 따라 달리면서, 작은 가슴이 방망이질 친다.

 '엄마가 사람을 죽인 것이 아니게 해 주세요.'

 반쯤 달렸을까. 엄마가 죽은 것을 느낀다. 아무도 내게 '지난

밤의 사고와 죽음'에 관하여 입을 열지 않지만 누군가 죽은 것을 알 수 있다. 그리고 그것은 우리 엄마다. 엄마는 죽었다. 그러자 그때부터 나는 또 외치기 시작한다.

'제발 살아 있게만 해 주세요. 하나님, 제발 엄마를 살려 주세요. 엄마가 문둥병에 걸려 있어도 좋아요. 살아 있게만 해 주세요.'

열 살의 내가 아는 가장 큰 병, 문둥병. 가장 무섭고 끔찍한 병. 그리하여 외치고, 또 외친다.

'엄마가 문둥병에 걸려도 좋아요. 제발 살아 있게만 해 주세요. 살아 있게만 해 주세요.'

그런 느낌이 들지 않을 적에는 감히 바라지도 않던 일인데, 엄마가 죽었다는 것을 알아차리곤 외친다. 살아 있게만 해 달라고. 지난 십년간 내가 가진 가장 큰 소원이 엄마가 되살아오는 것인 양 외친다.

'살아 있게만 해 주세요.'

하지만 너무도 당연하게 현실은 바뀔 수 없어, 엄마는 죽었다. 사람들이 웅성거리고, 경찰들은 분주하게 움직이며, 나를 그곳으로 데려간 이들은 내가 안중에 없는 듯하다. 그 사람들의 틈에서 나는 엄마를 본다. 채 옮겨지지 않은 엄마의 시신을 내가 본 것은, 지난 십이 년간 그곳에 있던 어느 누구에게도 말하지 않은 나만의 비밀.

열 살의 나, 피로 물든 어머니를 본다. 엄마는 무릎이 아프다고 했었는데……, 엄마의 무릎 위에 빨간약이 발라져 있노라고 생각한다. 부산한 경찰에게 묻는다.

"우리 엄마는요? 엄마가 죽었나요?"

"아니야. 너네 엄마는 안 죽었어."

"엄마가 죽었잖아요."

"아니야. 죽은 사람은 너네 엄마가 아니란다."

경찰은 서둘러 내 등을 떠민다. 떠밀려진 나는 얼마나 그 웅성거림 속에 서 있었을까. 친척들이 도착하고, 나는 이모의 손에 이끌려 학교로 향한다. 학교에 들어서자마자 벽을 짚고 쓰러지듯 걷는다. 슬픔. 아니다. 그것이 마치 죽은 엄마에 대한 의식인 양. 벽을 짚고 쓰러질 듯 간신히 걸어 교실에 도착한다.

수업은 빨리 끝난다. 그 어느 때보다. 수업이 끝나고, 김밥집에 간다. 엄마와 함께 갔던, 그 김밥집엘 간다. 큰이모와 작은이모가 분명 내 눈치를 살피고 있음을 너무도 잘 알고 있다. 어찌나 내 눈치를 살피는지, 내가 먼저 입을 열 뻔한다. '우리 엄마, 죽었죠?' 라고.

"만약 앞으로 엄마를 볼 수 없다면 어떻게 할래?"

차분히 되묻는다.

"네?"

하지만 마음속에서는 다르게 묻고 있다.
 '나는 어떻게 되는 거죠? 고아원에 가야 하나요?'

 대화는 일사천리로 이루어진다. 누구의 집에서 살 것이냐는 물음에 하나씩 머릿속에서 제외해 나간다. 큰외삼촌네는 얼마 전 엄마와 다투어서 안 되고, 작은이모네는 내가 들어갈 형편이 되지 않아 안 되고, 작은외삼촌네는 어렸을 적 묵어 보아 안 된다는 것을 알고 있고. 큰이모네를 선택하는 데는 그리 오래 걸리지 않는다. 모든 것을 내가 너무 빨리 받아들이고 이해했던 탓일까. 큰이모가 묻는다.
 "어떻게 알았니?"
 "뭘요?"
 학교에 가야 한다며 가방을 챙길 때, 엄마 사진을 들고 나섰던 것을 두고 하는 말이다. 엄마의 죽음에 대해 내가 알고 있음을 느낀 큰이모가 묻는다.
 나는 말하지 않는다. 엄마의 모습을 보았음을. 어제 입 맞췄던 엄마가 죽었음을 알고 있다는 것을. 죽은 엄마를 보기 전부터 엄마의 죽음을 알고 있었다는 것을 말하지 않고 김밥을 입에 넣는다. 꾸역꾸역 그 사실을 삼킨다. 어젯밤에는 엄마의 몸속에서 뛰고 있던 피가 엄마의 몸 밖에서 흥건했음을. 그것이 눌어붙어 그 어느 때보다 하얀 엄마의 다리를 적시고 있었음을. 말하지 않는다. 말하지 않기로 한다.

 그의 인생이 결정되는 것은 더욱 빨랐다. 이모가 차 안에서 묻는다.
 "그 사람이 어떻게 되길 원하니?"
 엄마를 죽인 그 남자가 감옥에서 얼마나 지내길 원하는지, 내게 묻고 있다. 그것도 달리는 자동차 안에서. 오, 맙소사. 엄마가 죽었다는 말을 꺼내던 것은 김밥집이었는데, 이번에는 자동차 안이다. 무드라고는 전혀 없다. 그리고 그 무드 없는 질문에 답한다.
 "15년이오."
 내가 이모에게 했던 말이 그에게 어떤 영향을 끼쳤는지는 알 수 없으나, 그는 살인에 대한 최소 형량인 15년을 살기로 했다는 말을 전해 듣는다. 그가 가엾다. 부디, 우리 엄마를 원망하지 않기를 바란다. 그는 그의 인생이 있다는 것을, 내가 그를 원망하지 않더라도 그는 우리 엄마를 원망할 수 있음을 알고 있다. 그가 젊다는 것도, 앞으로 아주 오래오래 살아가야 하는 사람인 것도 알고 있다. 망설이지 않고 답한다.
 "15년이오."

 후일 사람들이 내게 그를 미워하지 않았느냐고 묻는다. 혹은 지레 내가 그를 미워하는 것이 당연하다 여겨 그를 용서하라고도 말한다. 하지만 열 살의 나, 그를 미워하지 않는다.

 스물두 살의 나는 그제야 내가 어찌 그를 미워하지 않았는지 의구심이 뭉게뭉게 피어오른다. 그러고서야 깨닫는다. 한구석으로 치워 버려 꺼내지도 않았으나 내 마음속에 그대로 남아 있던 두려움을 그제야 꺼내 든다. 그가 두려워, 그를 미워할 수 없다. 아니, 정정해야지. 그가 두려운 것이 아니라 그의 미움이 두렵다. 행여 그가 우리 엄마를 미워하면 어쩌나, 스물두 살의 나와 꼭 같은 나이에 그는 내 엄마를 죽이고 자신의 젊음을 죽였다. 내게는 스물두 살이 될 때까지도 나의 반 이상을 차지하는 우리 엄마지만, 그에게는 혼자 사는 여자, 그가 죽인 여자, 그의 인생마저 같이 죽여 버린 여자, 그 이상으로 생각지 않으면 어쩌나. 그런 이유로 우리 엄마를 원망하면 어쩌나. 그가 우리 엄마를 미워할 것이 두려워 내가 그를 미워하지 못한다.

 부모가 없다던 그였다. 스물두 살에는 주유소에서 일을 하고, 학교도 제대로 나오지 못했다던 그였다. 그의 손에 죽은 우리 엄마 가신 지 십여 년이 흘러 열 살의 내가 스물두 살이 된다. 내게도 부모가 없다. 그러나 부모 잃은 서러움과 제대로 키워지지 못한 인성에 대해 부모 없음을 죽어도 낫하지 않는다.

 '이봐요, 당신. 세상이 당신에게 죽일 놈이라 하다가도 부모가 없어 그리 되었다고도 했지요. 허나 나는 그것으로 당신을 안타까이 여길 마음이 한 치도 없습니다. 내가 스물두 살이 되고, 내게도 부모가 없으며, 검정고시로 고등학교를 간신히 마쳤고 내 서러움이 당신보다 못하다고 말할 수 없지만 그래도 나는 당신을, 혹은 당신 같은, 혹은 나 같은 이를 안타까이 여기지 않습니다. 대학을 가지 못한 것은 내가 게으르기 때문이요, 부모가 없어도 살가움으로 그만큼의 사랑을 받아 왔기 때문이지요. 결국 당신의 잘못은 당신의 탓이지, 당신을 격리시킨 세상의 탓이 아니고, 당신을 버린 부모의 탓도 아니라는 것입니다.'

분명한 어조로 그를 노려본다. 그리고 덧붙인다.

'내 원망을 짊어지진 마십시오. 다만 당신의 힘겨운 현재의 순간을 내 어머니 탓이라 여기지도 마십시오.'

열 살의 나는 그를 미워할 수 없음으로 그를 용서했으나, 용서되지 않는 것은, 그 누구도 아닌, 나였다. 열 살의 나를 살리던 엄마는 죽었고, 나는 살아 있다. 눈물도 흘리지 않으며, 쥐어짜내고 쥐어짜내 몇 방울의 눈물을 겨우 보였을 뿐, 웃기도 하는 나는 살아 있는데, 엄마는 죽었다.

"누구의 엄마든지 모두 죽는단다. 너네 어머니는 조금 더 빨리 돌아가신 것뿐이야."

"힘내라. 다른 사람들이 있잖니."

"엄마는 분명히 좋은 곳으로 가셨을 거야. 너희 엄마는 아주 좋은 사람이었으니까."

열 살의 영악한 나는 그들이 내 눈치를 보고 있다는 것을 알고 있다. 알고 있으면서 영악한데다 의뭉스럽기까지 한 나는 코웃음을 친다.

'알고 있어요. 엄마의 엄마가 죽었던 것처럼, 엄마도 죽었다는 거죠? 엄마가 없어도 나를 키워 줄 이모가 있다는 거죠? 엄미가 좋은 사람이라는 것은, 오, 그것을 모르는 사람은 아무도 없다고요. 길을 지나가는 할아버지, 할머니 한 분도 그냥 보내지 못해 박카스 한 병이라도 쥐여 주던 우리 엄만데, 좋은 사람이라는 것은 나도 너무 잘 알고 있다고요.'

스스로의 가슴을 쓰다듬으며 중얼거린다.

"그러니까, 엄마가 죽은 것은 차라리 잘된 것인지도 몰라. 엄마는 나 때문에 너무 고생을 많이 했잖아. 엄마가 그렇게 원하던 천국. 엄마는 분명히 갈 수 있으니까, 그래, 엄마는 이제 고생을 하지 않아도 되는 거야. 그러니까, 정말로, 괜찮아."

유대인에게는 그런 이야기가 전해져 온다. 아무리 친한 친구가 놀러 오더라도, 첫날에는 돼지를 잡다가, 이튿날에는 닭을 잡고, 그 다음날에는 계란을 순다고. 그게 사람 마음이라고. 나는 이모의 딸이 아니라는 것을 온전히 이해하게 되던, 엄마가 죽은

지 일년. 엄마가 죽은 것은 차라리 잘된 일이라는 것도 온전히 이해한다.

'그럼에도 그렇게 죽는 것은 아니었어요. 하나님께서 엄마를 데려간 것을 원망치는 않습니다. 엄마를 죽인 그 남자를 단연코 한순간도 원망한 적 없습니다. 그러니 부디, 행복하게만 해 주세요. 엄마는 그곳에서 재혼도 하고, 나 아닌 딸도 낳아, 부디, 행복하게만 해 주세요.'

온전히 그것을 이해한다. 그 사실을 받아들이던 나는 아주 차분하다. 다섯 살, 내게는 아버지가 없음을 설명해 주던 엄마의 말을 이해하던 때처럼, 나는 아주 차분하게 온전히 곱씹어 가며 이해한다.

엄마는 내게 그 흔한 거짓말조차 하던 사람이 아니었다. 내게는 아버지가 없음을, 아주 차분하게 설명해 주셨고, 나는 아주 차분히 받아들였다. 내게는 아버지가 없다. 그리고 그와는 다르게 이제 내게는 엄마가 없다. 이모는 나를 길러 주시지만, 이모는 내 엄마가 될 수 없다.

차분히 이해하고, 어떤 의심도 품지 않던 열한 살의 나, 낯모르는 할머니를 만난다. 찌는 듯한 여름, 눈물처럼 땀이 흘러내리던 여름. 길거리에 앉아 할머니는 내게 말한다.

"산 사람은 살아야지."

무슨 영문인지도 모른 채 아이스크림을 입에 물고는 멍하니 바라본다. 콘크리트 바닥이 뜨거워 엉덩이가 델 것 같다. 열 살에 엄마를 떠나보내고도 웃으며 살아가던 어느 날. 눈물을 보이지도, 그렇다고 침울한 표정이지도 않던 나를 두고 할머니께서는 그리 말씀하신다.

 그 순간, 눈물이 왈칵 쏟아진다. 엄마의 영정 앞에서도, 너무나 갑작스러운 죽음에 상복도 준비하지 못한 채 돌고래가 그려진 하얀색 티셔츠와 하얀색 바지를 입고 엄마의 영정 사진을 들고 있을 적에도, 엄마의 관이 화장터 안으로 밀려 들어가 이모들이 오열할 적에도, 모두들 내 어깨를 부여잡고 괜찮다고 말할 적에도 진실로 '괜찮았던' 나는 그제야 눈물이 터져버린다. 누군지도 모르는 한 할머니 앞에서 오열한다. 그 어느 때도 그렇게 울어 본 적 없던 나는 그 여름날 머릿속이 텅텅 비어 버리도록 울어 버린다. 눈물이란 흘리는 것이 전부가 아니라, 머릿속을 비워 모두 끄집어낼 수 있다는 것도 알게 되던 여름날.

 내게 필요한 것은, 힘 내라는 말도, 어머니는 좋은 곳으로 가셨을 것이라는 말도, 누구의 어머니든지 언젠가는 죽는다는 말도 아니었다. 내게 필요한 것은, 어머니가 죽었음에도 살아가는 나 자신에 대한 변명. 나는 살아 있는데 엄마는 죽었다는 사실을, 그 엄청난 죄책감을 누군가 나 대신 변명해 주는 것이나. 그리하여 내가 웃어도 된다고. 내가 정말 웃어도 되고, 내가 정말 즐거워도 된다고. 즐겁고 난 후, 웃고 난 후, 죄책감을 느끼지 않아도 된다고. 그 모든 것을 담았던 한마디.
 "산 사람은 살아야지."

 나는 외할머니를 한 번도 뵌 적이 없다. 내가 태어나기 전에 돌아가셨으니, 내게 외할머니란 엄마의 눈물 속에 흘러나오는 '엄마'일 뿐이었다. 엄마에게도 엄마가 있다는 사실조차 이해하기 어려웠던 내게 외할머니란 엄마의 엄마일 뿐이었다. 그러던 한여름. 나는 그분이 내 외할머니가 아닐까, 외할머니는 그렇게 엄마에게도 나타나 "산 사람은 살아야지."라고 말했겠지. 저 할머니가 내 외할머니인지도 모르겠구나. 나의 그런 상상이 어처구니없는 것이었음은 한참을 울다 지쳐 머리가 띵하고 아파올 때쯤 깨닫는다. 할머니의 며느리가 할머니를 모시러 와 눈물을 보인다. 할머니가 내게 하신 말씀이 아니었다. 할머니 스스로를 위로하는 말씀이었던 것이다. 당신의 아들을 먼저 묻고 스스로를 그렇게 위로하며 뜨거운 여름날, 울먹울먹, 중얼중얼.

얼룩진 얼굴

담배를 물었다가 놓는다. 명절만 되면 마음이 짠해지던 것을 이제 좀 이겨 냈구나, 싶다. 추석이 언제 온지도 모르게 추석이 왔다는 것을 알게 되는 나를 보며 이제 좀 이겨 냈구나, 싶다가 가슴 한구석에서 다시금 떠오르는 기억에 내가 내 무덤을 파 버렸구나, 한다.

몇 년 만에 전을 부치고 나물을 씻고 했던가. 올해 추석은 은주 어머님 곁에 앉아 나물에 관한 이야기를 하다 어느새 아주 어릴 적 씻었던 나물에 관해, 아주 어릴 적 부쳤던 전에 관해 이야기하고 만다. 사실은 아주 기분이 좋은 기억인데, 엄마와 함께 했던 이야기를 하는 것은 아주 기분 좋은 일임에 분명한데 여러 가지 기억이 따라 드는 통에 결국은 또다시 내가 내 무덤을 판 격이 되고 만다.

일곱 살 여름, 나는 엄마와 떨어진다. 포천 할렐루야 기도원. 엄마는 기도원 수퍼 아줌마에게 하루에 500원씩 용돈을 주라며 나를 맡긴다.
"열 밤만 자면 엄마가 올게. 수영도 하고 공부도 열심히 하고, 모르는 사람이 예쁘다 내 딸 하자 그래도 절대 따라가면 안돼. 기도원 밖으로 함부로 나다니지 말고 얌전하게 열 밤만 자면 엄마가 올게."
설레는 커다란 수영장도 삼일쯤 지나자 아무것도 아닌 게 된다. 무작정 기도원을 빠져나간다는 버스에 오른다. 구로공단에 내린다.
'아, 여기 엄마랑 왔던 데구나.'
지나가는 언니를 부른다.
"언니, 언니, 연주가 남부 트럭 터미널에 가야 돼요. 거기 가려면 양재역에 내려야 되거든요. 그런데 언니, 연주는 차비가 없어서요."
지나가는 언니가 준 돈은 양재 역까지 가는 차비가 될 뿐 아니라 가는 길 심심치 않게 오징어도 사먹을 수 있다. 오징어를 달랑달랑 들고 2호선을 탄다. 무척이나 더웠던 그날 밤의 2호선.

땀이 삐질 흐른다. 지하철이 아무리 가도 양재역이라는 말은 나오지 않는다. 엄마와 갈 때면 오징어를 다 먹기 전에 양재역이 나왔는데. 가만 되짚어 본다.

'아, 엄마랑은 지하철을 두 번 탔구나.'

구로공단을 두 번 돌아 교대에 간다. 교대에 닿아 3호선을 탄다.

'자, 이제 11번이나 11-3번을 타면 되지.'

계단을 오르는데 엄마가 내려온다.

"엄마~!"

소리쳐도 엄마는 돌아보지 않고 멀뚱히 나를 지나치려 한다.

"엄마~!"

그제야 화들짝 놀란 엄마가 뒤돌아본다. 한나절은 걸려 엄마를 찾아온 내 얼굴이 새까맣다.

"어떻게 된 거야, 니가 왜 여기 있어. 에이구~, 난 또 무슨 거지가 엄마를 찾나 했네."

엄마가 웃는다. 엄마다.

"제 엄마가 보고 싶어 온 거 아니겠어. 저 어린 게 타지에서 엄마도 없이 얼마나 무서웠겠어."

"아유 말도 말아요. 나라고 어디 그러고 싶어 그러나. 그치만 다 살면서 배우는 거라고, 포장마차에서 술이니 피는 엄마한테 뭘 배우겠어요. 휴, 어디 친척집에라도 보내든가 해야지."

열 살의 나는 엄마 손에 이끌려 시골로 내려가고 있다. 엄마의 몸에서 느껴지는 뜨거운 기운이 범상치 않다. 어지간하면 트럭 터미널의 짐 내리는 차를 기다려 얻어 타고 갈 텐데 엄마는 고속버스를 탄다. 종종걸음을 치는 엄마를 따라잡기가 힘들어 쥐어진 손을 자꾸만 놓친다. 신발이 벗겨진다.

시골집, 그러니까 우리 엄마 가게가 아니라 진짜 시골집에 도착한 엄마는 소리를 고래고래 지른다. 소리 지르는 엄마의 눈이 붉다. 소리는 남지 않고, 붉은 우리 엄마만 남는다.
"이 어린 것이 무슨 죄가 있다고, 그런 술장사하는 데 말고 산 좋고 물 좋은 동네서, 하다못해 방학만이라도 좀 있게 하는 게 뭐가 그렇게 어려워. 너네는 혼자 컸니? 지금 이 수도! 이 수도는 누가 놓아 준 건데! 저 책상은 누가 갖다준 건데, 니가 나한테 어떻게 이럴 수가 있니! 너 시집와서 고생한다고 내가 수도 놔 준 거야. 이 산간벽지에 수도 있는 집이 어디 흔키나 하니!"

동네의 불이 차례차례 켜진다. 아비 없는 자식을, 거짓말 보태지 않고 아비 없는 자식이라 했던 숙모의 머리카락이 마당에 흩날린다. 어떻게 해서 낳은 자식인지 동네 사람들이 다 아는데 창피해서 못 데리고 있겠어요, 했던 숙모가 운다. 숙모를 울게 한 엄마가 운다.

열 살의 나를 두고 소리를 고래고래 지르던 엄마와 나는 시골집 안방을 차지하고 잠든다. 이튿날, 작은할머니네서 밥을 먹는데 그러신다.

"그거이 뭐 그리 어려운 일이라고…… 놔 두면 절로 노는 거고, 밥 차릴 때 숟가락이나 하나 더 얹으면 되는 것을…… 쯧쯧……."

하지만 그렇다고 내가 작은할머니네서 오래 머무르시는 않는다. 열 살의 나는 생각한다. 아이를 한 달이나 맡아 두고 있는 것은 결코 밥상에 숟가락 하나 더 얹어 주는 문제만은 아니라는 것을.

"연주도 이 엄마가 창피하니?"

돌아오는 길, 엄마가 손을 잡고 묻는다. 눈물이 얼룩진 얼굴로 내게 묻는다. 엄마가 엄마를 부르며 울던 때와 같은 표정, 같은 손으로.

누구보다 자랑스러웠던 우리 엄마. 다른 아이들은 젊고 예쁜 엄마를 갖고 싶다고 투덜거렸지만 그럴 때마다 우리 반에서 우리 엄마 나이가 제일 많다는 것조차 그토록 자랑스러울 수 없던 우리 엄마. 창피할 리가.

남들이 시골로 떠난다, 고향집을 찾는다, 하면 나는 자꾸만 엄마의 얼룩진 얼굴을 헤쳐 낸다. 송편을 먹다가도 전을 부치다가도 기억 속에 송편을 먹으며 전을 부치던 옆에 쪼그리고 있는 십 몇 년 전의 나를 떠올린다. 그리고 엄마를 꺼낸다. 어느새 내 말투를 신기한듯 바라보던 동네 아이들이 사라진다. 그래도 그나마 또래라고 곧잘 놀아 주던 식이 오빠가 사라진다. 남이 언니가 사라진다. 3학년이던 옆집의 예쁜 언니가 사라진다. 그 동생이 사라진다. 기억이 기억을 덮고, 시골집은 엄마의 얼룩진 얼굴을 남긴다.

서울로 돌아온 엄마는 제일 먼저 내 자전거를 사 준다. 내 생일이 이틀이나 남았던 1월 11일에 튼튼한 두발자전거를 사 준다.
"엄마, 엄마, 자전거는 아빠가 사 주기로 했잖아."
자전거에 나를 태우며 엄마가 그런다.
"아빠는 거짓말쟁이라서 자전거 안 사 줄 거야. 그러니까 그냥 이거 타면 돼."
빨간 등이었던 아버지는 자전거를 사 주겠다던 약속에 등을 돌렸다.

자전거 바퀴 한 번 갈아 주기도 전에 엄마의 장례식을 치른다. 그날 나는 엄마의 애처로운 죽음을 위로하며 내 머리를 쓰다듬는 사람들 중에 숙모를 찾는다. 그러나 숙모는 없다. 열 살의 내가 열셋이 되어 사촌 언니의 집으로 들어간다. 이모와 언니는 미국으로 여행을 떠나고, 고3인 오빠와 이모부만 남아 있던 집. 이모는 나를 외사촌에게 보낸다. 어디를 봐도 어쩔 수 없다는 표정이 역력한 얼굴로 나이 많은 외사촌, 무섭도록 차분한 목소리로 말한다. 그때 일은 모두 잊고, 용서했노라고. 네, 라고 작게 대답한다.

어떤 것을? 대체 무엇을 용서했다는 것인가. 아비 없는 사식을 아비 없는 자식이라 말했던 외숙모를? 아비 없는 자식을 아비 없는 자식이라 말했던 것에 화가 나셨던 우리 엄마의 세차게 내려치던 손바닥을? 동생들 뒷바라지하느라 힘겨웠던 엄마의 젊음이 아비 없는 자식을 두었다 하여 손가락질로 보상받아야 했던 그 기억을? 한참을 머리 굴려 생각해도 답을 찾을 수가 없다. 하지만 답을 찾지 않기로 한다. 낯선 곳에서 내 눈을 쳐다보지도 않는 사람의 눈은 어딘가 무섭다, 라고 생각하며 답을 찾지는 않기로 한다.

1996년, 미친 듯이 덥던 그 여름, 세 평 방에서 외사촌의 눈길은 숨을 트기 어렵게 한다. 조금만 더, 조금이라도 더 늦게 가려고 거리를 돌아다니다 열셋의 내 입가에 담배가 물려진다.

더 자란 나는 또 시골에 간다. 인간 무기가 되어. 시골에서 부쳐 주던 쌀이 흉작을 이유로 어느새 도착하지 않기 시작하면서. 몇 번이고 전화를 걸어도 쌀이 도착하지 않자 나는 시골로 보내진다.

"이모, 나는 서산 고모할머니 댁에 가고 싶어요. 이왕 시골에 갈 거라면 난……."

"서산 고모가 어디 너를 반기기나 하는 줄 아니. 너희 엄마 살아 있을 땐 몰라도 지금은 아니야. 널 여기다 맡겨 놓고 어디 한 번 내다보기나 했니. 너희 외삼촌들이나 가게이모가 고아원에 맡기자는 거, 내가 거두기로 한 거다. 어디 나 아니면 니가 갈 데라도 있는 줄 알아? 너 가서 단단히 말해. 안 그러면 그냥 거기 눌러 살겠다고."

"……."

쌀을 보내지 않으면 더 이상 나를 기를 수 없으니, 알아서 하라는 말을 듣고 시골에 간다. 나라는 무기의 힘은 꽤나 대단했던지 며칠 지나지 않아 쌀을 보내겠다고 한다. 쌀을 보낸다고 했으니 나는 오늘 서울로 가겠다는 전화에 이모는 칭찬에 또 칭찬. 내가 가진 힘이라는 게, 얼마나 대단하던지. 차창을 보며 저곳에 내가 살 수 있을까, 몇 번이나 생각한다. 내려서 어디든 내가 살 수 있을까. 하지만 결국 내리지 못한 채 서울에 도착한 쌀가마니 옮기는 것을 도와 주고 있다.

호호. 이모가 연방 웃으며 칭찬을 한다. 다음에 또 그런 일이 생기면 나를 보내야겠다는 말도 잊지 않는다. 이모의 얼굴에는 내가 자랑스럽다는 기운이 만연하다. 나만이, 정작 나만이 얼굴이 붉게 달아오른다. 숨이 막힌다.

엄마 발은 여름, 내 발은 겨울

한참 원고를 쓰다 가만히 시선을 놓아 버린다. 모니터에서 놓아 버린 시선은 항상 엄마의 사진 앞에 닿는다. 가만히 엄마를 바라본다. 열 살의 나건, 열여섯의 나건, 스물둘의 나건, 나라는 것은 언제나 5할 이상이 엄마. 어느 것이고 주르륵 이어 놓고 보면 엄마가 스며들어 있지 않은 곳이 없다.

엄마, 엄마 이야기를 해야 하는데.

한 치의 왜곡도, 감정의 부풀림도 없이 엄마를 이야기하기란 쉽지 않다. 끝내 이야기의 무게를 이기지 못해 자리를 박차고 일어선다. 얼마 전 들여놓은 러닝머신 위에서 한참을 걷는다. 러닝머신이란 그저 제자리를 돌아 한참을 걸어도 결국은 그 자리일 수밖에 없지만 한참 걷다 보면 숲이 보인다. 강이 흐른다. 걷는

데는 맑은 강가와 바람에 흐트러지는 숲이 제격이라 러닝머신 위 무빙벨트를 밟으면서도 낙엽인가 한다. 내가 그리 만들어 낸다. 숲을, 강을, 그리고 엄마를.

내 기억이 과연 과거에 의한 것인지 어제 내 감정에 의한 것인지를 구분할 수 없다. 찬찬히 눈을 감고 기억을 더듬는다. 엄마를 본다. 그러나 어디서 시작해야 할지 당최 모르겠다. 나, 이런 어설픈 글쓰기로 엄마를 꿈꿔도 되는 것일까.

열네 살의 내가 교무실 청소를 하다 최희수의 어머니를 본다. 일 년 전 최희수가 내게 그러했던 것처럼 2학년이 되자 또 누군가를 따돌리기 시작하였던가 보다. 조심스럽게 말을 꺼내는 선생님의 난감한 표정을 읽는다. 이야기를 듣기 위해 어느 때보다 청소를 열심히 하는 체한다. 비질을 하다 최희수의 어머니를 살핀다. 갈수록 기가 죽는 쪽은 되레 선생님이다. 애들이라는 게 원래 교과서에 나오는 것처럼 두루두루 사이 좋게 지낼 수만은 없는 것 아니냐며 희수 어머니의 언성이 높아진다. 선생님은 그 순간, 최희수 앞에서 왕따가 된다. 일어선 희수 어머니는 선생님의 키보다 한 뼘은 넘게 크다. 자로 잰다면야 선생님의 키가 크겠지만 희수 어머니의 꼿꼿한 머리는 선생님을 더욱 작게 만든다. 키 큰 그녀의 어머니.

그녀의 어머니를 보며 키 작은 우리 엄마를 떠올린다.

그날은 굉장히 많은 빗물을 쏟아낸 날이다. 이후 십오 년은 강남에 그만한 비가 내린 적이 없다. 양재동부터 타고 왔던 버스는 대치동에 이르자 더 이상 갈 수 없다며 손사래를 친다. 어떻게든 가야 한다고, 서로 눈치만 살피는 사람들 틈바구니에서 우리 엄마가 제일 먼저 손을 번쩍 든다. 맨홀에 빠져 죽음에 이르렀다는 뉴스가 간혹 들리기도 하던 그 며칠, 1990년 서울. 엄마는 목까지 차오르는 물속에서 나를 목마 태운다. 내가 세 살이 된 이후로는 한 번도 나를 업어 준 적 없던 엄마가 나를 목마 태운다. 세 살 적 교통사고 이후, 말을 듣지 않는 무릎을 지탱하며 물을 휘휘 젓는다. 발이 얼면 안 된다고, 운동화는 벗겨서 내 손에 쥐여주며 절대 젖지 않게 하라고. 엄마의 신발은 벌써 물에 푹 젖었다. 철없는 일곱 살이 그런다. "엄마, 엄마 신발도 젖으면 안 되잖아. 내가 들고 있을게."

그럼 엄마는 맨발로 젖은 길을 걷게 되는 줄도 모르고 천연덕스럽게 말한다. 물을 휘휘 저으며 도무지 앞으로 나아갈 것 같지 않은 길을 잘도 나아가면서 엄마가 그런다.

"여름이라서 괜찮아."

엄마 발은 여름이고, 내 발은 겨울이다.

겨우 대치동을 빠져나온 엄마의 신발이 덜그럭댄다. 물 찬 신발이 뒤꿈치를 밀어내면서 덜그럭 덜그럭. 그런 줄도 모르고 엄마는 꼭 잡은 내 손을 놓지 않는다.

"무슨 일이 있어도 학교는 꼭 가야 되는 거야."

결연한 표정의 엄마를 원망스럽게 바라본다. 헤엄까지 쳐 가며 학교에 도착하는 데는 꼬박 한 시간 반이 걸린다. 이십 분이면 올 수 있던 거리였는데.

불 꺼진 복도에 엄마가 서 있다. 학교 복도에는 아무도 없는데도 엄마는 허리를 숙인다. 세상에서 제일 위대한 사람이 가르치는 사람이라던, 선생님의 것이라면 그림자도 밟으면 안 된다는 엄마가 아무도 없는 학교 복도에서 죄송스럽게 걷는다. 옷에서 물이 뚝뚝 떨어지는 것조차 미안해 조심스럽게 걷는다.

1990년 서울. 마흔여덟의 엄마가 일곱의 나를 목마 태워 한 시간 반을 걸어갔던 학교는 임시 휴교일이었다.

TV도 없는 집. 전화도 없는 집. 학교가 휴교인데도 알 수 없던 그곳에서 마흔 여덟 혼자인 엄마가 일곱의 나를 키운다. 따뜻한 밥을 먹이며, 두꺼운 털옷을 입히며, 학기가 바뀔 때면 새 공책을 사 주며.

여덟 살의 나는 선데이 서울을 편다. 남부 트럭 터미널 건물의 해남식당 막내딸과 함께. 식당 뒤 골방으로 들어산 나는 자랑스럽게 봉투에서 책 뭉치를 꺼낸다. 그제 양양운수 아저씨가 주고

간 책 상자들 중에서 찾아낸 찢긴 잡지. 여덟 살의 나와 열 살의 해남식당 막내딸이 배를 깔고 누워 한 유부녀의 불륜을 들여다본다. 책 외판원인 젊은 남자와 유부녀 사이에서 오가는 뜨거운 정사를 훑는다. 선데이 서울이며 할리퀸 소설을 방바닥에 늘어놓는다. 한 평도 안 되는 작은 골방은 금세 빨간 책으로 가득 메워진다. 이게 뭐냐며 손으로 가리키는 해남식당 막내딸을 보며 자랑스럽게 말한다. 언니는 나보다 언닌데 멘스도 모르냐며. 멘스를 할 때는 쉬를 하는 곳에서 피가 나오고, 그럴 때는 패드를 사야 된다고 한다. 달거리라고 말하고 있는 여자의 대사를 보여주며 대사보다 길게 설명해 준다.

  시골집이라는 이름을 가진 우리 포장마차로 돌아오니 엄마가 성경책을 들여다보고 있다. 흔들리는 초가 한없이 불안하다. 엄마의 얼굴이 흔들린다. 뭐라고 부르더라. 일곱 살의 나는 그 초 밑으로 들어가는 석탄 모양의 돌멩이를 곧잘 사 나르곤 했는데 스물두 살의 나는 형태만 맴돈다. 엄마 얼굴이 불빛에 흔들리듯 기억이 점점 희미해진다. 글도 모르는 엄마가 성경책을 들여다본다.
"공부하고 왔어?"
"응. 언니랑 같이."
뭔지는 몰라도 책을 한 가득 갖고 나갔으니 공부했겠거니. 어떤 유부녀의 불륜을 엿보고 온 여덟 살 딸에게 뜨거운 차를 내민다. 인삼과 대추와 생강이 가득 든 쓰디쓴 차를 바라보는 엄마의 표정이 뿌듯하다. 꼭 그만큼 내 표정이 일그러진다. 눈을 꾹 감고 단번에 들이켠다. 익숙해질만도 한데 이 쓴맛에는 당해 낼 재간이 없다.

수련회 가는 길. 엄마는 봉투에 싼 인삼을 내게 건넨다. 아무도 주지 말고 꼭 혼자 먹어. 또래보다 몇 킬로그램은 더 나가는 여자아이에게 그래도 약해서 탈이라며 인삼을 챙긴다. 여섯 달이 되도록 임신인 줄 몰라 살이 찐다며 복대를 하고 다녔다고. 그래서 내가 미숙아였던 것이 못내 안타까워 얼마를 울었는지 모른다고. 엄마가 싸 주는 인삼을 봉투째 버리는 줄 모르는 엄마가 손을 잡는다.

"꼭 챙겨 먹어. 아무도 주지 말고."

친구 누구도 인삼을 먹는 애는 없다는 소리를, 인삼 대신 삼켜 낸다. 쓰다.

"엄마도 꼭 밥 먹고. 알았지? 오면 내가 검사할거야."

내가 없기만 하면 밥 안 먹는 우리 엄마. 엄마가 해 주는 음식은 다 맛있는데, 그런 맛있는 것을 먹지 않는 엄마가 당최 이해가 되질 않는다. 그러던 나 스물두 살이 되어 야근으로 집에 돌아오지 않는 친구에게 투정을 부린다. 배가 고프다고. 집에 밥이 있지 않으냐고 한다. 꼭 밥을 챙겨 먹으라던 여덟 살 내가 스물두 살이 되어 친구에게 말한다.

"나 혼자 밥 먹기 싫어하는 거 알잖아."

친가에 가면 외탁을 했다 하고 외가에 가면 친탁을 했다 하는 내게서 엄마를 본다.

아홉 살의 내가 드러누워 선생님께 편지를 쓴다. 7시면 라디오에서는 성경 이야기가 흘러나온다. 다리를 굽혀 올리고 앞뒤로 흔들어가며 이빨로 연필을 물어뜯는다. 그러다 한 글자씩 꾸욱 눌러 적는다. 선생님 전상서. 전상서가 무슨 뜻인 줄도 모르지만 엄마가 편지를 쓸 땐 그렇게 쓰는 것이라 했으니 적는다. 만물이 소생하는 계절입니다. 첫 줄을 적는다. 그러고는 바로 저는 연주입니다. 엄마에게 들은 것은 만물이 소생하는 계절까지니 그 뒤로는 내 멋대로 나는 '연주'라고 적는다. 뒤에서 엄마가 나를 부른다.

"공주야."

반갑게 돌아본 곳에 묵은지 찜을 들고 엄마가 서 있다. 편지지를 제쳐 두고 엄마한테 간다.

"우와, 우와."

김치 부침개도 아닌 것을 손으로 마구 집어 먹는다.

"손으로 집어 먹는 거, 엄마가 된댔어, 안 된댔어?"

기죽지 않고 나는 두리번거리며 아무 젓가락이나 집어 든다.

밥도 없이 매운 것을 잘도 먹는다.

"엄마는 진짜 음식을 잘해. 나도 엄마처럼 잘할 수 있어?"

"당연하지. 우리 공주가 누구 딸인데. 우리 공주가 크면 훨씬 잘할 수 있어."

엄마는 젓가락을 집어 드는지 어쩐지 살피지도 않는 내가 한참을 먹어대다 묻는다.

"엄마, 엄마. 그럼 이건 김치가 썩은 거야?"

"뭐?"

딸의 질문에 어처구니없는 엄마가 대답도 않고 웃는다.

"우와, 우리 엄마는 썩은 걸로 만들어도 맛있네."

그날 밤, 엄마는 들어오는 손님들에게 한 명도 빼놓지 않고 늘어놓는다. 엄마는 썩은 걸로 만들어도 맛있다고 했노라고.

이런저런 엄마 이야기를 하지만 결국 나는 그 이야기를 꺼내야만 한다. 뭉그적거리면서 그날의 상처를 어떻게든 덮고 넘어가려 했지만 글 속의 내가 말한다.

'어서 그 이야기를 해.'

93년 7월 2일.

엄마가 나를 깨우러 와도 모른 체한다. 밤새 장사를 한 엄마가 내 아침상을 차려 들고 들어오는 소리를 들었으면서도 일부러자는 체 눈을 뜨지 않는다. 부엌에 상을 내려놓은 엄마가 결국 내 곁으로 온다. 내 얼굴을 본다. 내 얼굴 아래, 사진을 본다.
 '나도 아빠가 있었으면 좋겠어.'
 그런 말을 한 적은 없다. 내겐 왜 아빠가 없는지. 다섯 살이던 나를 앉혀 두고 엄마가 이야기한다. 나는 왜 아빠가 없는지. 하지만 한석봉도 아빠가 없었다고. 원래 아빠가 없는 애들이 더 훌륭하게 자라는 법이라고 말한다. 훌륭한 사람이 되는 법 따위에는 관심도 없다. 다만 나도 놀이동산에 같이 갈 아빠가 있었으면 좋겠어. 엄마가 매일 집에 있었으면 좋겠어. 엄마가 장사를 안 했으면 좋겠어. 엄마가 다리 안 아팠으면 좋겠어.

 지난 오후 엄마와 아저씨의 이야기를 훔쳐 들었다. 결혼하자고. 잘해주겠다고. 평생 호강시켜 주겠노라고. 저기 어디서 소를 삼십 마리쯤 키운다는 아저씨가 엄마에게 결혼을 하자고 한다. 내게도 아빠가 생긴다. 잠시 후 엄마가 고개를 흔든다.
 "안 돼요."
 나와 꼭 같은 마음으로 아저씨가 묻는다.
 "왜요? 왜죠?"
 열 살의 나를 키우는 쉰하나의 엄마가 고개를 흔든다.
 "안 돼요. 연주가 마음고생이 심할 거예요."
 '아니야, 엄마. 나도 아빠가 있었으면 좋겠어.'

포장마차 뒤에서 고개를 빼꼼히 내민 채 속으로만 답한다. 하지만 엄마는 끝내 아저씨를 돌려보낸다. 어른들 이야기 하실 때는 끼어드는 거 아니라고, 화끈거리는 볼기짝을 떠올리면 선뜻 나설 엄두가 나지 않는다. 그날 밤, 아빠와 엄마와 내가 있는, 한 장의 백일 사진을 머리맡에 두고 잠에 든다. 배 아파 낳은 자식은 제 부모 죽는 날까지 가슴을 아프게 한다.

 학교에서 상을 주겠다고 한다. 초등학교 2학년을 마치고도 구구단을 외우지 못했던 나를 두고 상을 준단다. 반장도 아닌데 우리 엄마가 학교로 불려 왔던 날, 나머지 산수공부를 한다. 1학년 때도 단 한 번 창밖에서 나를 기다린 적 없던 우리 엄마가 학교로 불려 왔던 날, 나는 난생처음 학원을 간다. 그러기를 이 년이 흘러 산수 경시대회에서 상을 받게 될 것이라 한다. 내일.
 '상장을 보여 줘야지. 미리 말하지 말고, 짠, 상장을 보여 줘야지.'
 하지만 상장을 받는 내일이던 날. 난 붉은 꽃, 꽃술 같은 엄마를 본다.

2장
내가 독해? 독한 척하는 거야

나갈 거야, 밀지 마

　　　　　　배 아파 낳은 자식과 가슴 아파 낳은 자식. 글쎄. 이모가 대단하다고 여기지 않은 적은 없다. 그러나 고마움이 곧 애정으로 이어질 수는 없는 노릇이다. 그것은 몇 번이나 내가 이모의 품에 꼭 안겨 있던 때에도 마찬가지다. 이모를 이야기한다는 것은 내 삶을 이야기하는 것보다 더욱 힘들다. 단어를 하나 적을 때마다 이런 단어를 써도 될까 망설이며 나는 이모를 이야기하게 될 것이다. 후읍. 심호흡을 크게 한다. 그럼에도 요란한 가슴을 진정시키기란 쉬운 일이 아니다. 열 살부터 이어져 온 아린 감정에 어떤 이름을 붙여야 하는지 망설인다. 설움. 그것을 설움이라고 한다면 나는 듣는 이를 생각해야 한다. 듣는 이는 열 살부터 가져 온 설움이라는 것이 어떤 사건들에서 느낄 수 있는 것인지 상상하고야 말 테니까. 설움이라는 단어를 지우자. 인과응보. 어쩌면 그것은 인과응보일지도 모른다. 적어도 이모에게 나란, 당신의 아들딸처럼 우등상을 받아 오지 못하는 조카, 유행에 따라 희한한 옷 입기를 즐기고, 도벽으로 말썽을 부리던 조카, 바락바락 대들던 조카, 집안일을 잘하지 않는 조카, 그 무엇보다 고마움을 모르는 조카. 그러니 내 아린 감정은 어쩌면 인과응보라 이름 붙여야 할는지도 모르겠다는 것이다. 그러나 열여섯의 나는 학교를 마치고 돌아와 청소를 하고 그 길로 학원을 가고, 고등학생이 되어도 일주일에 천오백 원인 용돈을 받으며 살기에는 너무나 탐욕스러운 아이였다. 변명을 늘어놓는다.

남의 부모가 되는 일도 쉬운 일은 아니지만, 그렇다고 남의 자식이 되는 것도 쉬운 일은 아니라고.

여기까지 쓰다 내가 내 스스로를 책망한다. 이모와 나, 라는 보고서를 쓰고 있기라도 한 듯. 공정하게 가타부타 논하고 있는 것 자체가 우스운 짓이라고. 이건 소설이어도 되잖아.

"이제 문제는 연주씨가 얼마나 솔직하게 자기 이야기를 할 수 있느냐 하는 거예요."

어떤 문장을 쓰자, 어떤 구성을 갖자, 하는 것보다 내게 관건이었던 것은 내가 얼마나 솔직하게 이야기를 하는가이다.

"이렇게 하죠. 성장 소설로 컨셉트를 잡는 거예요. 그러니까 에세이가 아니라, 소설인 거죠."

내 두려움에 틈을 준다. 내가 이런 이야기를 한다면, 세상이 내 주위 사람들을 무엇이라 생각하겠는가에 대한 두려움에 틈을 준다. 소설이라고 변명할 수 있는 틈.

집을 나오고 싶으면서도 고1 가을이 닥칠 때까지 떠나지 않은 것은 순전히 학교 때문이다.

"공주야, 너는 대학을 나와야 돼. 그리고 책상에 앉아 일을 해야 된다. 엄마처럼 손에 물 묻히는 일 말고, 책상에 앉아서 하는 일을 해야 된다."

엄마는 항상 그런다. 책상에 앉아서 하는 일, 엄마에게는 무조건 명예로운 일이다. 어쨌거나 그 이름은 판검사나 의학박사지만 사실 엄마는 판검사나 의학박사가 아니더라도 책상에 앉아서 서류를 들여다보는 일이 포장마차에서 삶을 파는 일보다 훨씬 나은 것이라는 맹목적인 믿음을 가지고 있었다. 그런 엄마의 말이, 나를 목메게 하던 이유이기도 하지만 학교를 떠날 수 없었던 것은 내 자신에 대한 두려움이기도 했다.

열넷의 내가 김소월님의 시집을 집어 들고 '소년'을 외울 때 내 뒤에는 본드 가스가 들어찬 검은 봉지가 나뒹군다.

「여기저기서 단풍잎 같은 슬픈 가을이 뚝뚝 떨어진다. 단풍잎 떨어져 나온 자리마다 봄을 마련해 놓고 나뭇가지 위에 하늘이 펼쳐 있다. 가만히 하늘을 들여다보려면 눈썹에 파란 물감이 든다. 두 손으로 따뜻한 볼을 씻어 보면 손바닥에도 파란 물감이 묻어난다. 다시 손바닥을 들여다본다. 손금에는 맑은 강물이 흐르고, 맑은 강물이 흐르고 강물 속에는 사랑처럼 슬픈 얼굴 - 아름다운 순이의 얼굴이 어린다. 소년은 황홀히 눈을 감아 본나 그래도 맑은 강물은 흘러 사랑처럼 슬픈 얼굴 - 아름다운 순이의 얼굴이 어린다.」

한 쉰 번쯤 욀 때가 되면 오빠들이 선다. 나를 오토바이에 태우고 학원에 데려다 주기 위함이다. 온 얼굴에 뭉툭하게 닿는 바람을 느끼고 있자면 가슴 뭉클한 재미가 솟구치곤 하지만 그렇다 한들, 김소월님의 시집 대신 검은 비닐봉지를 잡고 싶지는 않다. 두려움. 나는 탐욕스러운 아이라, 한 번 재미를 보기 시작하면 빠져나오려고 하지 않을 거야. 열셋부터 끊지 못한 담배처럼.

하지만 결국 열넷의 나는 학원을 가지 않는다. 대신 학원 옆으로 아르바이트를 하러 간다.

'집을 나갈 거야. 꼭.'

아르바이트를 시작했던 것은 열넷이 되어서부터다. 열여덟이 아니면 안 된다는 말에 열여덟 언니의 주민등록등본을 떼 가지고 들어간다. 어디를 봐도 열여덟로는 보이지 않는 키, 얼굴, 눈. 6학년부터 자리가 점점 앞으로 밀려나더니 열넷이 되자 급기야 첫 자리에 앉는다. 동그스름한 얼굴은 열둘로 보면 열둘이긴 하다. 어떻게든 열여덟은 되어 보이지 않지만 소장은 내 나이를 되묻지 않는다. 요즘 사람이 너무 부족하다는 소리를 듣는다. 하지만 일을 오래 할 수는 없다. 눈을 피해 시작한 것이므로 규칙적일 수 없던 탓이다. 학원을 가야 할 시간, 청소를 할 시간, 설거지를 하고, 밥을 지을 시간을 피해 일을 한다. 조금씩 쥐어지는 돈은 결국 내 용돈이 된다. 그러면서도 다짐한다.

'나, 반드시 집을 나가겠어.'

어땠더라, 그날 저녁. 거실에 놓인 TV 앞에 이모가 앉아 있다. 희미하게 그려지는 그날의 이모를 본다. 이모의 모습이 그 거실에 들어차 다른 이들은 하나도 보이지 않는다. 무좀으로 발바닥을 벅벅 긁던 이모가 내게 말한다.

"그때 네 엄마 뼛가루를 버리는 게 아니었어. 인분이 몸에 좋다던데."

열넷의 나, 아무런 말도 못하고 가만히 서 있다. 이모의 꾹 다문 옆모습을 보며 주먹을 쥔다. 가슴을 달랜다. 미운 것은 이모가 아니라 그럼에도 이모가 무서운 나.

'진 언니에게 편지를 써야지. 화를 달래려고 편지를 써야지.'

서둘러 책상으로 달려간다.

'그 안에서 진 언니를 만날 거야.'

엄마가 태어나 처음으로 사 준 내 책상 앞에 앉아 진 언니에게 글을 쓴다.

'어떻게 그런 말을 할 수가 있나요, 나는 너무나 화가 나 주먹을 꼭 쥐고, 주머 안에 잡힌 손가락이 자꾸 손바닥을 파고들어 피가 나려 했습니다.'

이튿날, 내 책상에 있어야 할 편지가 이모의 손에 들려 있다.

"네가 어떻게 나한테 이러니. 고마움이라고는 눈곱만큼도 없는 년."

시퍼런 멍을 등에 달고 열넷의 나, 집을 나가겠다며 이를 악다문다. 불 꺼진 화장실에 앉아 잘린 머리를 움켜쥐고 눈물을 벅벅 흘린다. 물을 끼얹은 몸뚱이에 흠씬 매를 맞고 머리카락까지 제멋대로 잘린 채. 등의 피부가 점점 피부 안쪽으로 파고든다. 지난번 청소를 안 해 놓고 잠이 들어 이모에게 맞았던 멍이 채 가시지도 않은 피부가 화끈거린다. 이모와 가족들이, 그러니까 나를 그 안에 담지 않은 채, 가족이라는 말 안에 나를 넣지 않겠다고 입을 꾹 다문다. 그 가족들이 저녁을 먹는 동안 변기에 쪼그려 앉아 주먹을 쥔다.

'나, 언젠가는 집을 나가고 말 거야.'

혜연이를 찾는다. 열넷의 내가 혜연이의 집 문을 두드리며 눈물을 떨구고 있다.

"나 또 맞았어. 이거 봐."

부끄러운 줄도 모르고 치마를 훌렁훌렁 들어 올린다. 블라우스를 벗어 내린다. 맞은 자국이 멍울져 시퍼렇다. 피딱지가 눌어붙어 설움을 더한다.

"세상에나, 무슨 일이었는데 또 그래."

서럽게 답한다.

"청소를 안 해서, 빨래를 안 해서."

그 전날의 내가 이모부 주머니에 손을 댔다는 것은 말하지 않는다. 실은 청소를 안 하고, 빨래를 안 했던 것치고는 너무 많이 맞았던 이유가 그 전날 이모부 주머니였다는 것에는 입을 다물고, 청소를 안 해서, 라고만 한다.

멍이 가라앉을 만하면 새로운 멍이 생긴다. 나이를 먹어도 사라지지 않는 몽고반점.

학교를 등지던 그날 아침에는 또 얼마나 매를 맞았던지. 열여섯 나는 학원 대신 아르바이트를 갔다가 학원 끝나는 시간에 맞추기 위해 학원 앞 오락실에서 시간을 때운다. 그것이 결국 들켜 혼쭐이 난다. 용돈에 맞지 않은 돈과 CD플레이어를 들킨다. 어디서 훔친 것이 아니냐고 묻는다. 도둑년! 더러워! 일단 빠져나가자, 급하게 교복을 챙겨 입는 내 뒤로 이모가 말한다.

"일반쓰레기는 재활용이나 하지, 인간쓰레기는 재활용도 못 해. 왜 그렇게 사니. 부모가 쓰레기면 너라도 잘해야지!"

학교에 가자마자 사물함을 열곤 모든 책들을 꺼내 가방에 넣는다. 죽어도 공부를 포기하지는 않을 거야. 난 책상에 앉아 일을 해야 하니까. 부들부들 떨리는 가슴으로 책을 넣는다. 가방에 들어가는 것보다 쏟아지는 책이 더 많다. 나무로 된 교실 바닥에 점이 뚝뚝 찍힌다.

내 곁에 다가와 몇몇이 묻는다. 그 소리에 웅성거림이 더한다.

수업이 시작되려는 학교는 부산스럽다. 그중 가장 부산스러운 내가 나간다. 처음에는 열 명 남짓 따라오던 아이들도 하나 둘씩 종소리에 끌려간다. 그래도 끝내 교문을 열어 주던 영이와 은이.

"꼭 이렇게까지 해야 돼?"

"잘 있어. 전화할게."

고개를 들어 창을 바라본다. 묵직한 가방을 가진 열여섯의 내가. 찬바람이 교실 안으로 흘러 들어가는 것도 아랑곳하지 않고 손을 흔들던 혜연이를 본다.

몇 년 만에 혜연이에게 전화를 건다.

"중국으로 갔다는 소식은 들었어. 너네 집에 전화했었거든."

"우리 마지막으로 만났을 때 말 안 했던가. 그나저나 정말 오랜만이다. 너는 어디야? 영국이야?"

그래, 우리, 열여덟 내가 영국 가던 전날 밤 그 놀이터에서 마지막으로 만났었구나. 나, 너에게 하고픈 말이 많았어, 그때. 나, 너에게 얼마나 못되게 굴었던지. 너의 친절에 얼마나 더 욕심을 부렸던지. 우리 그랬잖아. 네 앞에서 얼마나 울었니. 옷을 벗어 내 등의 멍을 안아 달라고 얼마나 서럽게 울었니. 그러면서 화를 내는 것도 잊지 않았지. 어쩌면 나란 아이, 슬픔보다 분노에 익숙했을지도.

"그래도 너 정말 독했지. 애들이랑 그렇게 싸우고도 눈물 한 방울 안 흘렸잖아."

"정말? 내가 그랬어?"

"말도 마. 그때 애들이 너 괴롭히러 내려갔다고 해서 내가 말리려고 뛰어갔는데, 되레 네가 애들한테 욕하면서 눈 부릅뜨고 있어서 말릴 수가 없었다니까."

외로움을, 서러움을 악다구니로 버틴 내 열넷이란.

"지금은 안 그래. 얼마나 유해졌는데."

"에이, 말도 안 돼. 후후."

그래, 말도 안 되는 얘기지. 나, 아직도 그래. 눈을 부릅뜨고 세상을 봐. 그때처럼 소리를 악악 질러대지는 않지만 언제 나를 칼로 헤집을까 두려운 눈으로 세상을 보는걸. 여유롭지 않아, 너처럼. 친구를 돕겠다고 복도를 달려오던 너처럼 말이야. 아직 내 스스로를 돌아보는 눈조차 부릅뜨는걸.

너 아니? 내가 그때 눈을 부릅떴던 건, 아이들이 내게 언제 상처를 입힐까 그 순간을 잡기 위해 그랬던 거. 하지만 그보다 더 큰 이유는 눈물을 흘리지 않는 데 있었다는 거. 눈가가 뜨거워지면 눈을 부릅떴어. 행여 눈물이 나오더라도 흐르지 않도록. 눈물을 집어넣는 법을 배우느라 세상을 향해 눈을 치켜 올렸지. 지금도, 나, 많이 다르진 않단다. 아직도 여유롭지가 못해, 나.

처음에는 견디기 힘들었어. 교복만 봐도 눈물이 솟아나곤 했지. 검정고시에 합격한 뒤로는 더욱 그랬어. 합격자 발표가 나던 날, 내가 합격했다는 것을 알고는, 이제는 끝이구나, 했지. 다시는 학교에 갈 수 없구나. 나와 같이 입학했던 아이가 2002년이 써진 졸업장을 받는데, 나는 2001년이 써진 졸업장을 받는다고 위안을 삼으려 했지만 소용없었지.

매년 삼월이 되면 젖은 채로 지냈단다. 복학을 하지 못했구나. 내가 일하던 주유소 앞, 아주중학교 애들이 학교를 가는 시간. 나는 기름기 덕지덕지 묻은 주유복을 입었단다. 너의 발목이 떠오르곤 했어. 하얀 양말, 검은색 구두. 하지만 나는 하얀 양말 대신 때가 덜 타는 검은색 양말을 신었지. 쉽게 해지지 않을 운동화를 신었어.

잠을 자도 압구정동으로는 머리를 두고 자지 않을 거라 다짐했어. 수도 없이 그런 밤이 이어졌지. 돌아갈 곳이 있다고 생각하면 한없이 나약해질까 봐, 그나마 있던 정을 뚝뚝 떨어뜨린 건 내 쪽이었어. 파출소를 몇 번이나 드나들었던지.

한 날은 부산이었어. 집을 나와 갈 곳이 없던 나에게 부산의 방 한 칸을 소개해 주셨던 BOP의 편집장님. 그러나 남의집살이가 어려워 간 곳이 남의 집이라니. 서울로 돌아가야겠다. 어떻게든 그곳에서 정착을 하자. 하지만 주머니에는 차비가 없었단다. 지도를 찾아 고속도로를 그려 넣은 쪽지를 주머니에 넣었지. 걸었어. 고속도로를 따라 걸으면 서울에 도착할 것이라고. 고속도로는 사람이 걸으면 안 된다는 것을 몰랐던 거야. 차가 쌩쌩 달리는 거리를 용하게 들키지 않고 이틀을 걸었단다. 하지만 결국 파출소에 들어가 버렸어. 경찰차가 나를 붙잡으러 왔지.

몇 시간 만에 이모가 찾아와 나를 데려가겠다고 했단다. 나는 죽어도 집에 가고 싶지 않다고, 고아원에라도 보내 달라고 소리쳤지만 그 경찰 아저씨, 내게 말하더라. 대학생이 되라고. 성인이 되지 않아도 대학생이 되면 성인으로 인정받을 수가 있다고.

말도 안 돼. 나는 한시가 급한데, 그 안에서 한시도 있고 싶지 않은 내가 어떻게 그러니. 그 경찰 아저씨. 내 말을 믿지 않아. 이모에게 맞는 것도 싫고, 욕지거리를 듣는 것도 지겹다고. 나

정말 착하게, 열심히 잘 살겠다고. 하지만 이모가 오자마자 나는 거짓말을 들킨 아이가 되어 버렸단다. 누구도 내 말은 듣지 않았지. 그도 그렇지 않겠니. 집을 나온 열여섯 계집아이와 학원을 운영한다는 중년 부인이라면 누구도 열여섯 계집아이의 말을 믿을 수는 없을 거야. 내가 도둑질을 일삼고, 나쁜 친구들과 어울린다는 말을 이모가 꺼냈을 땐 완전 KO패였지.

더러운 도둑년. 언니의 예쁜 스웨터를 몰래 입고 나갔던 날에도 그 소리를 들었단다. 언니는 스웨터를 빌려 주겠다고 했지만 이모는 안 된다 했지. 버릇이 나빠진다고. 더러운 나는 착한 언니의 스웨터를 입으면 안 된다고. 그런 것까지 도둑으로 몰려 버린 나는 할 말이 없었단다. 어쨌거나, 도둑년은 맞는 말이니까.

후일 이모는 내게 가출을 밥 먹듯이 하는 애라고 했지만 나에겐 한 번이었어. 끌려 집에 들어갔다가 틈을 보아 뛰쳐나온 것이니 결국 내게 있어 가출은 한 번이었지.

검정고시를 치르기 며칠 전, 이모를 찾아 검정고시를 준비하고 있다, 나 이제 정말 혼자 살 수 있다, 고 말하기 전까지 가출은 한 번이었어.

너 아니? 나, 사실은 너를 좋아했단다. 어쩌면 너는 나를 향해 손을 흔든 것이 아니었을 수도 있지만 나는 그것이 나를 향한 것이라 믿고 살았단다. 돈으로 더러워진 내 운동화를 볼 때면 너의 발목과 그 발목을 덮은 하얀 양말을 떠올렸어. 언젠가 너를 만나고 싶다고 생각해 왔어. 너는 지금도 그렇게 예쁘니.

똥과 자퇴는 같은 것?

점심시간이 막 지나 식당 안은 부산스럽다. 점심시간 내내 배달한 그릇을 되찾아 올 생각을 하니 벌써부터 한숨만 나온다. 어디 앉아서 담배 한 대를 피우고 싶다는 생각이 간절하다. 주인아줌마를 슬쩍 살핀다. 오늘은 장사가 잘 된 탓인지 기분이 좋아 뵌다. 저 정도의 기분이라면 한 오 분쯤 없어져도 괜찮겠군, 한다. 담배를 물 요량으로 밖으로 나가는 길에 K가 쭈뼛쭈뼛 서 있다.

"어? 웬일이야? 아직 학교 안 끝났잖아."

시계를 보니, 한창 5교시 수업 중일 때다. K의 얼굴은, 급식 도착이 늦어 점심을 먹고 나니 점심시간이 다 지나 있을 때보다 어둡다. K의 근심의 이유를 찾으려는데 이미 답이 눈에 보인다.

K의 뒤로 담임선생님과 나란히 선 학생주임 선생님이 보인다.

학교를 가지 않은 지 일주일이 넘었다. 여름방학이 끝나고부터 늦게 가거나, 1교시만 마치고 돌아오거나, 그도 아니면 결석을 하더라도 하루를 넘기지는 않았는데 이번에는 좀 길었던가 보다. 어차피 학교를 그만둘 요량이었기에 딱히 두려울 것은 없지만, 학교는 차치하고라도 집으로 다시 들어가야 하는 건가 라는 생각에 가슴이 덜컹거린다.
"안녕하세요."
자연스레 식당의 한구석에 선생님들의 자리를 마련한다. 유난히 얼굴이 까맣던 담임선생님은 오늘따라 더욱 까맣게 보인다. 문득 선생님의 얼굴이 초코 머핀 같다는 생각을 한다. 울퉁불퉁한 피부 트러블이 유난히 두드러져 초코 알맹이가 송송 박힌 초코 머핀을 떠올린다. 학생주임 선생님은 담임선생님의 얼굴이 초코 머핀이 되어 버린 이유를 설명해 준다. 초코 머핀의 초콜릿 덩어리를 씹는 느낌이 나도록 투덥투덥.
"너네 선생님이 그 동안 네 걱정을 얼마나 했는지 아냐, 이 녀석아. 지금 학교가 발칵 뒤집혔어, 너 때문에."
학교를 가지 않은 지 일주일이 넘었다고는 하지만 아직 열흘도 지나지 않았다. 게다가 원래 출석일수가 엉망이었던 난데, 그런 내가 학교를 가지 않았다고 해서 학교가 발칵 뒤집혔다는 말에는 고개를 갸웃한다. 지금 학생주임 선생님은, 내가 학교를 가지 않아 담임선생님이 걱정을 하고, 그래서 잘 잘린 초코 브라우니 같던 담임선생님의 얼굴이 초코 알맹이 송송 박힌 초코 머핀이 되었다고 설명하고 있다.

삶이란 이런 감개무량이 찾아오기도 하는구나, 싶다. 다른 사람도 아닌, 내가 언성을 높였던 것이 못내 마음 구석을 짓누르고 있던 담임선생님이 내 걱정으로 초코 머핀이 되었다니. 미안함에 머쓱하다. 하마터면 죄송하다는 말이 먼저 나올 뻔했다. 하지만 선생님은 친절하게도 죄송하다는 말의 진심을 쏙 빼 버릴 수 있는 이야기를 들려준다.

"정말 너 때문에 내가 진짜, 지금 너네 이모가 학교 찾아와서 나 때문에 네가 학교 그만뒀다고, 난리도 아니야. 너, 솔직히 말해 봐. 나 때문에 학교를 나오지 않고 있는 거니? 응? 내가 뭘 잘못했다고 이러니."

선생님의 넋두리는 쉽게 끝날 것 같지 않다. 하는 수 없이 내가 단호하게 못을 박는다.

"선생님 때문에 그만둔 거 아니에요. 집을 나오려고 했던 거고, 그래서 학교를 그만둘 수밖에 없었던 것뿐이에요."

"그렇지? 그런데 너네 이모도 참······. 그럼 연주야, 그 이야기를 좀 써 줄 수 있겠니?"

"근데 이모 얘기는 무슨 말씀이세요?"

"아, 내 정신 좀 봐. 네가 일기장에 선생님이 싫다고 썼다면서, 선생님이 싫으니? 그래, 그 나이 때는 선생님이 미울 수도 있겠지. 하지만 그렇다고 네가 학교를 그만둔 건 아니잖니. 그런데 너네 이모가 그 일기장을 복사해서 교무실에 다 돌리고, 교육청에도 알린다고 난리도 아니야. 선생님은 이제……. 흑……."

초코 머핀에서 초코 알맹이가 하나씩 뚝뚝 떨어지는 것처럼 선생님의 눈에 고였던 눈물이 뚝 떨어진다. 허우대 좋은 학생주임 선생님은 안타까운 눈빛으로 담임선생님을 바라본다. 학생주임 선생님의 눈빛이 나를 향하고 있지 않다는 것을 눈치 챈 어쩐지 마음 끝이 아리다는 생각이 들자 자신이 우습다.

'아직 내 안부도 묻지 않았잖아. 잘 지냈냐고 물어봐 주지도 않았으면서.'

신경 쓰지 말아 달라고, 혼자서 다 알아서 한다고 했으면서 막상 이런 상황에 나를 살피지 않는다고 토라지기는. 어른이 되려면 한참이나 멀었다는 생각을 하면서도 서운함은 쉽게 가시지 않는다.

선생님이 내놓은 종이를 받아 들고 글을 쓰기 시작한다. 내가 학교를 그만두고자 마음먹었던 것은 가정 내의 문제이며, 담임선생님과는 무관하다고 적는다. 선생님은 아주 좋은 사람이며, 이번 일로 인해 학교와 선생님께 폐를 끼친 것에 대해 진심으로 미안하다고 적는다. 그러나 나는 학교로 돌아갈 의지가 없으며,

그럼에도 검정고시를 준비하여 학업은 충실히 하겠다는 의지도 적는다. 손가락은 그런 글을 적으면서도 내가 식당에서 일하면서 얼마나 힘든지, 오늘 점심은 유난히 손님이 많았는데, 하는 생각을 한다.

"근데, 제 일기장이라니 그게 무슨······."

일기는 3월의 것이었다. 부모님이 안 계시거나 편부모 슬하의 자녀들을 조사할 때 눈을 감고 손을 들라더니, 손을 들고 나니까 앞으로 나오라고 해서 황당했다는 내용이 적혀 있다. 아이들의 시선이 집중되었던 것이 썩 기분 좋지 않았다고 적혀 있다. 그런데 몇 달이나 지나 그 일기 때문에 내가 집을 나간 것이라는 생각 자체가 당최 이해가 되지 않는다. 내가 집을 나간 것은 가정 내의 불화였기 때문이라는 점을 다시 한번 강조해 말한다. 초코 머핀은 점점 초코 브라우니가 되어 가고 있다.

"잠시만요."

화장실 뒤편으로 가 앞치마 주머니에서 담배를 꺼낸다. 피울까 말까 망설인다. 담배 냄새가 나지는 않을까 염려한다. 어차피 학교도 그만둔 마당에 담배를 피우다 걸리는 것에 신경을 써서 무엇 하겠느냐고 중얼거린다. 결국 담배에 불을 붙인다. 담배 끝 맛이 서럽다. 선생님의 얼굴이 초코 머핀이 된 것은, 내가 집을 나갔기 때문이 아니라 선생님이 교장 선생님께 불러 가고, 교육청에 돌려질 나의 일기 때문이었다는 것을 알게 되자 담배를 처음 피웠을 때만큼이나 가슴이 먹먹하다. 한 모금을 깊게 빨아들이는데 목이 아프다. 담배 줄기가 후루룩 빨려 들어가면서 목구멍을 자극하는 것 같다. 연기는 바늘이 되어 목을 찌른다. 내 인생은 내가 알아서 살아갈 것이니, 내가 무엇을 하든지 제발 신경 쓰지 말아 달라고 의식이 소리친다. 그럼에도 불구하고 선생님이 나를 찾아온 이유는 내가 선생님 때문에 학교를 그만둔 것이 아니라는 증거를 받아 들기 위함이고, 이모는 내가 집을 나갔다는 사실이 선생님 때문이라는 것을 증명하기에 급급하다는 사실을 상기하자 마음이 눈물샘을 쿡쿡 찌른다. 서둘러 담배를 비벼 끈다. 아직 반도 채 타 들어가지 않은 담배를 아깝다는 생각도 없이 발로 벅벅 비벼댄다. 서운함이 담배에 배어 텁텁하다고 생각하자 망설이지 않고 짓눌러 꺼 버린다.

마지막 가출

　　　　　그때를 찬찬히 떠올려 내가 언제 집을 나왔고, 언제 끌려 들어갔으며, 또 언제 온전히 나왔던가를 되짚어 보지만 도무지 생각나지 않는다. 잊기 위해 노력했던 그 순간순간들.

　내 열 살부터 열여섯이 그랬다. 딱 열여섯까지만 잊자. 인간의 머리란 기억할 수 있는 장소가 정해져 있어 이모가 보호자였던 그곳의 일들을 기억하면 그만큼 엄마와의 기억이 사라지지 않을까 노심초사했다. 그래서 하루에도 몇 번씩 떠올렸다. 대신 일기를 쓴다. 일기를 써 놓고 잊자. 대신 엄마를 내 안에 기억하자. 아버지를 찾던 것이 집을 나온 후였는지, 혹은 집을 나오기 전이었는지 기억이 나지 않는다. 그러나 분명 그 즈음.

열여섯의 내가 십 년을 넘게 묻어 두었던 아버지를 찾는다. 아니, 기억할 것이 없었으므로 묻을 자리 또한 허공에 맴도는, 아버지.

　엄마가 다섯 살짜리인 나를 앞에 앉히고 아버지가 보고 싶으냐 묻는다. 끄덕끄덕. 내가 지나갈 때마다 뒤에서 손가락질하던 것은 어쨌거나 상관없는 것이었지만 내게도, 아빠가 있다니. 백일 사진 속이 아니라 진짜, 움직이는, 아빠가 내게도 있다니. 고개를 세차게 끄덕끄덕.

　인천의 어느 곳. 버스를 타고 그곳에 닿는다. 마당 너른 집 안. 군복을 입은 한 아저씨가 나온다. 엄마는 오빠라고 내 귀에 속삭인다. 얼마 전 군복 입은 석이 오빠를 보았는데, 석이 오빠가 우리 오빠라고 했는데 군복을 입은 또 다른 아저씨를 두고 오빠라니. 외동으로 다섯 해를 지낸 내게 갑자기 너무 많은 오빠가 생긴다. 아빠가 생긴다. 언니가 생긴다. 누군가 내게 등을 보이며 TV를 보고 있다. 엄마가 마당에서 어디론가 뛰어 들어간다. 나, 멍하니 등을 본다. 생전 처음 보는 아빠는 등이다.

　만두를 먹으며 아빠를 기다린다.
　"새콤달콤 사 줘, 엄마."

"기다려, 아빠가 와서 사 줄 거야."

하지만 만두 한 판을 다 먹을 때쯤 돼서야 가게 문을 밀고 들어오던 아빠는, 끝내 새콤달콤을 사 주지 않는다.

"엄마, 엄마, 아빠는 왜 새콤달콤을 안 사 줘?"

"새콤달콤은 엄마가 사 줄게. 아빠는 자전거를 사 주시기로 했단다."

자전거는 결국 몇 년이 지난 어느 날, 엄마가 사 준다. 아빠는 오지 않아, 라며.

다섯 살의 나는 체념이 빠르다.

"너네 아빠는 다른 부인이 있어. 다른 엄마가 있는 거지. 아빠는 엄마와 결혼을 하지는 않았단다. 하지만 너를 낳은 거야. 그러니까 아빠는 다른 부인이랑 같이 살고 있단다. 그래서 너는 아빠가 없는 거야. 사람들이 물어보면 아빠는 돌아가셨다고 해. 너 태어나기도 전에 돌아가셨다고."

'아, 그래서 나는 아빠가 없구나.'

다섯 살의 나는 그것을 온전히 이해한다.

열 살이 되던 해, 오지 않는다던 아버지를 만난다. 서둘러 엄마를 보내고 몇 달이 지난 어느 날, 사진 속의 아버지가 뛰쳐나와 있다. 눈앞에. 이런. 백일 사진을 찍을 때 입었던 그 빨간 셔츠를 입은 채로. 이모는 부쩍이나 말이 많다. 그 어느 때보다 친절하다. 아버지와 나는 몇 칸 건너 앉는다. 고기를 먹으며 이모는 내게 왜 아빠와 말을 하지 않느냐고 하지만, 나는 아버지를 부르지 않는다. 아빠라고 불러 보라고 하지만, 다섯 해를 기다리는 동안 아빠는 아버지가 되었다. 허나, 열 살의 나, 아버지를 아버지라고도 부르지 않는다.

"너 정말 아빠 안 보고 싶어?"

"……네……"

"그러다 나중에 나한테 왜 아빠 못 만나게 했느냐고 원망하지 마라."

집으로 가는 길. 다시는 만나지 않아도 된다고 또박또박 말하는 내게 이모가 그런다. 고기 값은 이모가 계산했다는 말도 놓치지 않는다. 단단한 이모.

"아버지가 미우니? 형부 미워 마라. 좋은 사람이야."

"……"

대답 없이 창을 본다. 미워하지 않아요, 대답하지 않는다. 미울 것도, 좋을 것도 내겐 없어요. 내 아버지란 딱 그 정도예요. 간혹 거울을 보다 내 얼굴 속에서 백일 사진을 들춰내곤 하지만 그 것에 놀라는 것뿐이지, 그것은 애정이라 할 수 없어요. 다만 '아버지를 미워해야 하나'라는 생각을 했을 뿐. 간혹 내게 주어진 삶의 갈래에서 도대체 어떻게 대처해야 할지 모르겠어. 아버지가 꼭 그렇다. 밉지 않은데 다들 미워해야 한다고 강요하는 것 같다. 행여 그 한 줄기 자락을 찾는다면, 엄마에게 남편이 없다는 것 정도였지만 내게 아버지가 반드시 필요하지 않으므로 엄마에게 남편이 반드시 필요할 것이라는 간절함도 내겐 없다. 손을 잡아 줄 아빠가 아니라 그, 아버지라면.

열여섯의 나, 아버지를 찾기 위해 파출소를 들어간다. 아버지를 찾는 일은 만나지 못했던 그 오랜 시간에 비하면 놀라울 정도로 짧아서, 그토록 쉽게 찾을 수 있었다는 사실이 아쉬울 정도다. 아버지를 찾아 삼만 리 정도는 아니더라도 애정이 솟아오를 만큼의 시간이 필요한데. 아버지를 찾기로 마음먹은 것이 부친에 대한 애정이 아닌 누군가 명목상으로라도 이모 대신 나의 보호자로 이름 석 자 적어 줄 사람이 필요했다.

학교 옆 파출소에 들어가 어제 잃어버린 지갑이 혹시 여기 있지 않으냐고 묻는 것처럼, 태연하게 묻는다. 누가 보면 태어나서 본 기억이 단 두 번뿐인 아버지를 찾는 것이 아니라 꼭 잃어버린 지갑 찾는 것이라 믿어 의심치 않을 만큼. 딱 그 정도.

"바쁘신데 죄송합니다. 여쭤 볼 것이 있어서요."

아버지를 찾는다는 내 말에 그들은 아무런 의심도 하지 않는다. 그러고 보니, 나는 아버지의 나이를 몰랐다는 것을 그제야 깨닫는다. 엄마가 44년생이지, 그런데 아빠는 엄마랑 예닐곱 살

차가 난다고 했었으니까, 이래저래 계산을 해 보다 내 기억력에 대해 자신이 없어 이름만 말한다.

"제 이름은 고연주예요. 아빠는 고 형자 만자 쓰시고요."

누구를 향해 한 번도 불러 본 적 없는 단어다. 그렇게 열여섯을 살아왔으면서도 마치 집에 가면 있는 사람처럼 말한다.

"아빠는."

"30년대 생이실 거예요. 엄마가 돌아가셔서 정확히는 모르겠어요."

순식간이다. 열여섯 되도록 놓고 있던 끈을 찾는 것은 어찌 그리도 쉬울까. 30년대 생의 아빠 이름을 가진 사람은 3명이다. 그중에서 누군지 알겠느냐고 묻는다. 빨간색, 초록색, 노란색 가방을 두고 네 가방이 어느 것이냐고 묻는 것처럼 묻는다.

"네 아버지가 누군지 알겠니?"

엄마 손 잡고 따라 들어갔던 기억이 그제야 눈에 들어온다. 거기, 인천이었지.

"아마 부천이나 인천 근처일 거예요."

아버지에 대해 아는 것은 거기까지가 마지막이다. 내 호적을 통째로 훑어도 알 수 없는 아버지.

"아, 있네."

아버지를 찾는다. 단 오 분도 되지 않은 짧은 시간에. 그제야 왜 진작 아버지를 찾으려 들지 않았을까라는 생각이 든다.

내게 아버지란 무엇인가라는 보다 근본적인 문제가 훑고 지나간다. 열여섯의 내게 아버지란 보호자의 이름을 올릴 수 있는 존재라면 스물둘의 내게 아버지란 무엇인가. 엄마를 이야기할 때의 나는, 엄마를 온전히 이야기할 수 있음에 막막했다면 아버지를 이야기할 때의 나는, 이야기할 것이 없음에 막막하다. 그렇다고 헤서 내게 생명을 불어넣어 주신 분 같은 상투적인 표현도 아버지에겐 어울리지 않는다. 밉지도 곱지도 않은, 이라는 표현을 강조함으로써 시니컬해지고 싶은 마음도 없다. 그렇게까지 냉정한 관계라는 것을 보여 주고 싶은 것도 아니다. 스물둘의 내게, 아버지란 결국, 무엇인지 잘 모르겠다.

경찰 아저씨가 아버지를 찾았다며 반가워하다 이내 그 목소리를 거둔다. 당황스러움으로 목울대가 울린다.

"저…… 그런데…….''

파출소를 나서는 내 발길이 터벅터벅. 갑자기 솟아 버린 부정(父情)에 당황스러울 지경이다. 내가 사실 아버지를, 아빠라고 생각했던가. 열여섯의 내가 아버지에 대한 마지막 끈이 툭 끊어져 버렸다는 사실로 존재의 유무도 알 수 없었던 부정을 한꺼번에 느낀다. 열여섯 해의 부정이 한꺼번에 목구멍을 타고 올라온다. 내 손으로, 내 입으로 처음 찾은, 아버지. 작년에 돌아가셨다고. 마지막 주소지를 적어 주는 경찰 아저씨의 손에 낯설임이 선명하다. 나는 슬픈 것보다 더 슬픈 체한다. 아무렇지 않은 체라도 할라치면 "네 아버지가 아니지! 왜 거짓말을 해?"라고 버럭 소리를 지르며 내 거짓말에 호통을 칠 것 같아 슬픔에 슬픈 체를 더한다.

엄마가 죽은 뒤로 나는 철저하게 나를 분리하는 법을 배웠다. 감정이 온 손짓 발짓 언어를 지배하는 순간이라고는 놀랐을 때뿐. 슬픔, 아픔, 두려움으로 눈물 흘리지 않는 법을 배운다. 아무리 슬퍼도 울어서는 안 되는 시간, 장소에서는 울지 않도록. 눈물이 나지 않아도 울어야 하는 시간, 장소를 구분하도록. 눈물을 쌓아 둔다. 울지 말아야 할 곳에서 눈물을 쌓아 울어야 하는 시간에 토해 낸다. 열 살 이후, 내 눈물샘은 눈물댐이 된다.

아버지를 잃은 것, 아니 가진 적이 없으므로 잃었다는 표현은 적어도 내 아버지를 이야기하는 데는 맞지 않는다. 아버지의 죽음, 정도로 하자. 그것에 나는 한동안 입을 다물지 못한다.

'왜 죽었어요. 내가 이렇게, 이제야 찾았는데, 왜 죽었어요. 왜 죽고 그랬어요. 왜 그런 거예요.'

답도 없는 질문을 던진다. 머리를 굴려 내가 우습다는 생각도 한다. 이모 집을 벗어나기 위해 찾은 아버지. 열여섯의 내가 온전히 이모 집을 벗어나려는 방법을 모색하다 찾은 아버지. 어디 상상할 수나 있을까, 이사 간 옆집 아저씨를 찾는 게 아니라, 내 아버지를 찾는 것이다. 이모 말론 나와 꼭 닮았다는, 내 아버지를 찾는 일이란 말이다. 그런데 그것이 그리움도, 사랑도, 하다 못해 증오도 아니고, 이모를 대신해 법적으로 내 보호자가 돼 줄 사람이기 때문이라니. 호적에도 올라 있지 않은 아버지, 아니, 그 반대겠지만. 그런 아버지가 내겐 그래도, 이모네 집에서 나를 꺼내 줄 유일한 사람이었다. 그래도, 아버지. 그런 이유로 찾았던 아버지. 거짓말처럼 눈물이 흐른다. 나는 굉장한 거짓말쟁이라고 생각한다. 굉장한 거짓말쟁이들은 자신이 한 거짓말을 자신이 믿어 버린다던데. 그러니 슬프다고 거짓말한 내가, 내 거짓말을 믿어 버려, 거짓말처럼 눈물이 흐른다. 십 년 넘게 찾지 않던 아버지를 고작 삼십 분 만에 찾았고, 삼 분도 되지 않아 일 년 전 돌아가셨다는 소식을 들으며, 삼십 분이 넘게 울고 있다. 터벅터벅 어느 구석이고 찾아 들어가자 눈물이 서서히 멎기 시작한다. 길거리를 걸으며 하염없이 울기는 창피해 울 수 있는 어느 구석을 찾자, 정작 눈물이 멈추기 시작한다. 더 이상 중얼거릴 말도 없었다. 말을 해 본 기억이 별반 없으니 죽어서도 할 말이 없다. 존댓말을 써야 할지, 엄마한테처럼 반말을 써야 할지조차 망설이다 존댓말을 한 아버지. 어떻게든 운다. 아버지만으로는 삼십 분 만에 눈물이 멈추니, 어머니를 끄집어내 운다. 아침에 맛있는 것 해 오겠다던 어머니를 끄집어내 운다. 아버지의 죽음에 삼십 분밖에 울지 않는 나 자신이 두려워, 어떻게든 울어야겠다, 한다. 아버지로 울다, 어머니를 꺼내 울고, 울음이 멈춰 버린 내가 무서워 운다.

 적힌 주소대로 찾아간 아버지네 집은 내 기억 속 커다란 대문을 가진 곳이 아니다. 정말 죽었다는 사람이 우리 아버지가 맞긴 한 걸까. 아버지의 집이지만 우리 집은 아닌 그 집 앞에 내 연락처를 남기고 며칠을 기다렸지만 연락이 오지 않는다. 저녁 시간대를 빌어 다시 찾아간 그곳에서 큰어머니를 본다. 아버지의 형의 부인이 아닌데도 큰어머니인 큰어머니. 그곳에서 나는 나를 철저히 분리하는 법을 상기시킨다.

 세상 사람들은 우리 엄마가 나쁘다 할지 모른다는 사실을 알아 버린, 그럼에도 우리 엄마만은 절대 나쁘지 않다 하는 열여섯이 할 수 있는 것이란 미안함과 죄스럽지 않음을 분리하는 일이었다. 아버지의 딸이면서 아버지의 호적에 오르지 못한 딸은 미안하다 여기면서, 그럼에도 우리 어머니는 잘못한 게 없어요, 라고 마음속으로 외치는 것이었다. 스스로가 미안하다는 말에 물들지 않는 법을 찾았다.

"……죄송해요……."

"아니다, 됐다. 네가 죄송할 게 뭐 있겠느냐. 다 어른들이 부덕한 죄지, 어린 니가 뭔 죄라고 이 고생을 하니."

"……."

"잘 왔다. 잘 왔어. 느이 아버지 돌아가신 건 알고 온 거겠고,

그때 부르려고 했지만 어디서 잘살고 있겠거니 했다. 느이 이모가 느이 엄마 죽고는 찾아와서 너는 이모가 기를 테니 연락도 하지 말고 찾지도 말고 살라 했다기에 괜히 연락해서 맘만 아리게 할 거 같아 말았다. 느이 엄마가 남긴 재산도 좀 있다는 것 같다던데 그런 거 상관하지 말라 했다는 거 보면 그런 거 때문에 그런가 싶어 그걸로 잘살고 있겠거니 했다."

"……이모가 그러셨어요……?"

"느이 아버지가 널 찾으면 어디 그런 거 때문에 그러겠냐. 우리가 이렇게 가난해 보여도 아쉬울 것 없이 살아서 너 하나 거두는 거 일도 아니고. 하지만 느이 이모는 강남에서 학원도 하고 뭐도 한다기에 거기서 사는 게 낫겠거니 싶어 말 안 했다. 느이 아버지 죽기 전에 너 한번 보고 싶다고 했다만……. 아까도 말했다시피 책임지지 못할 정이면 끊고 사는 게 널 위한 거다 해서 말았다."

"……."

"그래서 그래 그렇게 잘살고 있는가 했더니 여긴 웬일이냐."

"그게 실은……."

집을 나오고 싶다고. 하지만 열여섯의 내가 집을 나올 수 있는 방법이라는 게 보호자를 찾는 것뿐이었다고. 이렇게 찾아서 정말, 정말 죄송하다고. 하지만 내가 찾을 수 있는 곳이 여기밖에 없었노라고. 나를, 거둬 달라고.

"니가 오죽 힘들었으면 여기가 어디라고 찾아왔겠느냐. 쯧쯧……."

옆에서 오빠가 거든다.

"쉿, 애한테 쓸데없는 소리는."

언니가 그런 오빠의 입을 막는다.

그러게요. 참 나쁜 아이죠. 성공해서 죄송합니다, 이제라도 죗값을 치러야죠, 하고 찾아와도 미울 텐데 도와 달라고 이렇게 버젓이 찾아오다니요. 오빠 말이 맞아요. 여기가 어디라고. 저보다 큰어머니가 더 아팠겠죠. 저 자라면서 손가락질 받은 만큼 손가락질 받았을 것도 알아요. 우리 엄마가 이모보다 언닌데, 나는 외사촌들보다 한참이나 어려 이모부가 어디 가서 낳아 온 자식 아니냐고 수군거린단 말에 이모는 우리 엄마가 동생이라 하라 했었으니까. 명명백백해도 수군거리는 세상서 큰어머니도 손가락질 받았을 거라는 생각. 안 해 본 거 아니지만 어쩔 수 없었어요. 내 법정대리인이 되어 줄 사람이 필요해요. 내 먹는 거, 내 입는 거, 다 내가 알아서 할 테니 그저 이모네서 나오게만.

"키워 달라고 온 건 아니에요. 그냥 법적으로 제 보호자가 생기면 이모네 집에서 나올 수가 있으니까. 그냥 서류상이라도, 그것만 좀…… 부탁을……."

"그게 뭔 소리냐. 넌 우리 집 호적에 올라 있는데……."

"네? 전 엄마 쪽으로 되어 있어요. 지금은 제가 호주고요."

"거 참, 내 말이 맞다니깐. 너 두 살 때, 느이 할아버지가 올려놓으셨는데…… 우리는 이사도 하고 해서 주민등록 옮길 땐 그냥 두고 왔다. 지금쯤 주민등록은 말소가 됐을 거야."

그 길로 송파구청을 찾아가 내 호적을 뗀다. 고연주. 내 이름 석자가 있는 내 호적. 음력 생일을 따라 열여섯인 내가 열일곱인 내 호적을 본다. 아버지도 있고, 형제도 있고, 어머니도 있는 열여섯 고연주의 열일곱 또 다른 호적. 세상에, 처음 아버지를 만날 때는 오빠가 생기고 언니가 생기더니, 이렇게 아버지를 찾으니 또 다른 고연주가 생겼다.

며칠 뒤, 담임선생님이 나를 부른다.
"네 오빠라는 사람이 다녀갔다."
"오빠……가요?"
"그래. 이야기는 대충 들었다……."
"……"
"니가 가서 한 말이 진짠지 싶어 한번 와 봤다고 하더구나."
"……"
"그래서 다 얘기했다. 그 쪽서는 그 쪽에서 살고 싶으면 오라고 하더라."
"무슨……얘기……를요?"
"혜연이한테 들었어. 니 장학금 문제로 동사무소에 전화했다가도 들었다. 어쩜 그러니. 그 몇 푼을 더 받으려고. 동사무소에서 너네 이모라면 아주 그냥 손사래를 친다더라. 보조금 안 준다고 난리라며. 내 친구가 옆 고등학교 선생이야. 너네 언니는 임원이었다면서. 너네 언니 때는 그렇게 잘했다던데, 아무리 제 자식이 아니라도 그렇지. 혜연이 얘기 들어 보니까 너 그렇게 많이 맞고 그랬다던데…… 선생님들이 모여서 너한테 좀 도움을 주고 싶구나……."

초코 브라우니가 되었던 담임선생님이 이젠 나를 돕고 싶다고 말하고 있다.

"괜찮다면 우리 집에라도 와 있을래……?"

"아니에요, 선생님. 그건 싫어요."

이제 다시는 그 따위 남의집살이 하지 않기로 했는데.

"선생님들이 모여서 이모를 고소할까 하고 있어."

"네? 안 돼요. 선생님. 그건 안돼요. 그리고 제가 잘못해서, 제가 도둑질도 하고요, 학원도 안 가고, 청소도 잘 안 해 놓고, 그래서 혼난 거예요. 그건 안 돼요, 선생님."

고소라니. 생각해 본 적도 없는. 그런 건 매일 술이나 마시고 이유 없이 매를 드는, TV에나 나오는 그런 못된 이모한테 하는 것인데. 아무리 생각해 봐도 그건 아니다. 이모는 꼬박꼬박 밥도 먹이고, 학원도 보내 주고, 옷도 입힌다. 다만 언니오빠처럼 공부를 잘하지 못하니까 공부에 시간을 덜 쏟아도 되어 청소를, 빨래를, 밥을 시키는 것뿐. 다만 언니오빠처럼 이모의 자식이 아니니 나를 향한 폭언이 가능한 것뿐. 이모가 생각하는 올바른 세상 속에 우리 엄마가, 아버지가, 내가 들어가 있지 않은 것뿐. 난 이모네 집을 나오고 싶어 이렇게 발버둥치지만 이모가 미운 건 아니에요, 선생님. 나쁜 사람은 아니라고요.

"아무리 그래도 저한텐 이모예요. 그런 건…… 말도 안 돼요."

"니 뜻이 정 그렇다면 강요하는 건 아니지만, 잘 생각해 봐. 시 금 이렇게 독단적으로 집을 나가는 건 너만 괴로울 뿐이야."

"알아요. 그래서 방법을 찾는 중이에요."

선생님께선 나를 생각하셨는지 모르지만, 입이 무겁지는 않아서 내가 아버지를 찾아갔더란 이야기는 이모에게 옮겨진다. 이모와 큰어머니가 전화통화를 했다는 이야기도 듣는다. 이모는 나보다 나이가 많고, 말을 잘한다.

99년, 크리스마스 이브. 나는 마지막 가출을 한다. 애초부터 내게는 처음이었던.

3장
나 이제 여기 살아요

큐빅 박힌 핀, 난 싫어

크리스마스 이브에 뛰쳐나오던 때, 내 주머니에 들어 있던 돈은 달랑 2,500원. 그나마 전에는 얼마라도 쥐고 나왔지만 이번에는 밥 한 끼 사 먹을 수도 없는 돈이 전부다. 하필이면, 겨울이라니. 나는 골방으로 들어간다. 이제는 집까지 나와 버려 내가 내 욕망을 참아 낼 수 있을까 근심스럽지만 어쩔 수 없지. 그러나 골방의 아이들에게 그런 말을 하지는 않는다. 그러니까, 나는 너희들처럼 살지는 않을 거야. 나는 공부를 할 거야. 그래서 서울예전에 갈 거야. 거기서 글을 쓰는 공부를 해서 작가가 될 거야. 나는 단란주점에 나가지도 않고, 원조교제를 하지도 않을 거야. 검정고시를 볼 수 있는 자격이 될 때가 되면 바로 시험을 볼 거고, 하루 벌어 하루 마시고, 그렇게 살지 않을 거란 말이야. 그런 말은 쏙 빼고 나 얼마간만 있을게, 라고 한다.

그렇게 넉 달을 그 안에서 지낸다. 주유소에서 하루 열여섯 시간을 일한다. 그리고 집에 오면 그대로 나자빠진다. 처음 학교를 빠져나오던 날, 챙겼던 책들을 한 권, 두 권 잃어버린다. 언젠가는 공부를 할 거야, 그러면서 잠이 든다. 열여섯 여자아이인 내 몸에서는 하루도 기름 냄새가 가실 날이 없다. 한 시간에 2,100원씩 곱해 보면 하루에 33,600원, 꼬박 한 달을 일해야 100만 원이 조금 넘는다.

"이번 달 방세야."
"됐어. 방세는 무슨. 월급 탔으면 술이나 사라."
15만원을 넣은 봉투를 밀쳐 내는 성희 언니. 정작 자기는 한 달에 25만원을 꼬박 방세에 쓰면서.
"힘들게 번 돈인데 내가 가지면 안 되지."
"언니는 안 힘들게 벌었나, 뭐."
"나야 뭐 힘들 게 있니."

성희 언니는 단란주점에 나가 일을 한다. 여섯 시부터 밤 열 시까지 일하는 나는 나가기 전 언니의 잠든 모습을 보는 게 전부다. 그나마 언니는 일주일에 한 번씩 쉴 수가 있어 그런 날 이야기를 하곤 한다. 밤에는 지수 언니나 현희 언니가 놀러 오지만 다섯 시에는 일어나야 하는 나로서는 이야기를 할 틈이 없다. 하루라도 놓치면 그들의 수면 속으로 내가 들어갈까 내내 두렵다는 사실을 속에 푹 담아 놓은 채 술을 산다.

어느 날 갑자기 성희 언니가 핀 장사를 하지 않겠느냐고 묻는다. 2000년, 신촌의 현대백화점 뒤로 작은 골목 한군데서 좌판을 연다. 한창 유행을 타던 아이템이라 장사는 걱정 없다. 성희 언니 동창의 도움으로 남대문 가게 여럿에 손이 닿아 물건을 싸게 구하는 것도 어렵지 않다. 외사촌 오빠의 말대로 나는 뻔뻔하기 그지없는 아이였던지 창피한 줄도 모르고 지나는 사람들에게 말을 건다.

"언니, 핀 좀 보고 가요. 언니, 언니, 그냥 보고만 가요. 이거 언니한테 딱인데."

한 달도 안 돼서 돈이 제법 모인다. 주유소에서 두 달 동안 일을 해서 번 돈의 몇 배를 번다. 글루건으로 큐빅을 단단히 고정시킨다. 이니셜을 넣은 핸드폰 줄을 만들어 주기도 한다. 이니셜 한 봉지에 8,000원, 대충 이백여 개가 들어 있다. 그것을 열 개 정도 꿰어 만드는 것이 하나에 2,000원, 매듭을 짓는 방법에 따라 값은 8,000원까지도 한다. 두어 달 장사를 해, 처음 생각을 하고 물건을 떼 오던 언니가 둘, 내가 하나로 나눈다. 평일은 네

시에 나가 열두 시까지. 그것도 언니랑 대충 반반을 나눠 일하니 하루에 네다섯 시간 일한다. 둘이 모아 600만 원이 되자 언니는 동대문에 들어가 장사를 하자고 한다.

열일곱의 나, 장사를 하자는 말에 안절부절못하다 일단 믿기로 한다. 게다가 신촌에서 두 달여를 해 보니 버는 돈이 제법 되는 것도 같아 덜컥 그러자고 한다. 언니와 같이 가게를 보러 다닌다. 처음에는 안절부절못하던 것이 점점 확신이 된다. 가게를 어떻게 꾸밀지 하는 상상으로 하루하루를 보낸다. 이미 마음은 동대문으로 떠나 있어 신촌의 좌판은 일곱 시나 되어야 문을 열어 열한 시가 되면 닫는다.

열시 사십 분쯤 됐을까. 성희 언니에게서 전화가 온다.

"연주야, 연주야. 진짜 괜찮은 델 찾았어. 지금 바로 계약하려고. 근데 여기 주인이 돈이 급하다고 바로 못 줄 거면 계약 안 한다고 해서. 지금 돈 좀 갖다줄래? 내 건 화장대 마지막 서랍, 알지? 내가 어디다 넣어 놨는지. 그거 들고 지금 남대문으로 좀 와주라."

언니를 찾아간 남대문의 불 꺼진 골목. 기다리고 섰던 언니가 돈을 받아 들며 말한다.

"고마워. 원래 가게 하던 사람이 나 좀 잘 알던 언니라서 술 한 잔 하고 들어갈 거 같아. 넌 먼저 애들한테 가 있어."

언니에게 돈을 건네고 승리 오빠네 집으로 간다. 특별한 약속이 있는 것은 아니지만 우리는 곧잘 모이곤 한다. 특히 승리 오빠가 열 평이나 되는 집으로 이사를 한 뒤부터는 세 평 남짓한 성희 언니의 골방보다는 승리 오빠네 방에서 모이곤 한다.

승리 오빠에게 가게를 계약하기로 했다고, 성희 언니에게 돈을 건네고 왔다고 말하는데 지수 언니가 근심스러운 표정으로 묻는다. 돈을 주었느냐고. 지수 언니는 넘치도록 술을 마신다. 그리고 운다. 지수 언니의 토악질로 온 화장실이 더럽혀질 정도로 지수 언니는, 마시고, 또, 마신다.

그날, 늦게라도 오겠다던 성희 언니는 오지 않는다.

두 시가 되어서야 일어난 내가, 자는 언니오빠들을 두고 일어선다. 지수 언니는 그렇게 밤새 고역을 치렀으면서 지치지도 않는지 방 한구석에 앉아 있다.

"언니, 안 잤어?"

"응. 일어났어?"

"아, 머리 아파 죽겠다. 근데 성희 언닌 늦게라도 온다더니 안 왔네. 집에 있나?"

지수 언니의 어깨가 화들짝 놀란다.

"집에 가게?"

"가야지. 아, 머리 아파."

그날따라 지수 언니는 마중을 나오지도 않는다. 아무리 못해도 대문까지는 걸어 나와 주던 지수 언니였는데. 꼼짝 않고 그대로 앉아 잘, 가, 라고 말한다.

 그날처럼 문을 많이 열어 본 적이 없었다.
 방문을 열었다, 닫았다, 열었다, 닫았다. 꿈이라도 꾸는 거야, 이럴 리 없잖아. 문을 다시 연다. 몇 번이고 문을 열어도 방 모양새는 달라지지 않는다. 한켠에 있어야 할 언니의 쌓인 옷들. 화장대. 10인치 TV. 냉장고. 하나하나 찾아보지만 아무것도 없다. 2,000원짜리 종이박스에 담긴 내 옷과 책. 박스 두 개가 가지런히 놓여 있다. 언니가, 없어졌다. 언니에게 전화를 걸 생각도 하지 못한다. 전화를 걸어야겠다는 생각도 없이 문을 열었다가 닫는다. 다시 열면 있을 거야. 자, 봐봐!
 수백 번을 열고 닫아도 성희 언니는 없다.

 빈방에 앉아 있은 지 꼬박 삼일. 아직은 밤이 찬데, 문도 닫지 않는다.
 '언제 성희 언니가 올지 몰라. 문을 열어 둬야지.'
 승리 오빠, 성준 오빠, 현희 언니에게서 수십 통의 전화가 걸려 오는 동안 지수 언니에게서도, 성희 언니에게서도 전화는 걸려 오지 않는다. 잠을 잔 기억도 없이 그 작은 방에 움직이지 않고 앉아 있다.

삼일째 되는 날, 지수 언니가 들어오며 문을 닫는다.

"언닌 알고 있었지. 언니, 언니가 어떻게 그래. 나, 언니 믿고 여기 온 거 알잖아. 그거 내가 어떻게 번 돈인지 알면서 어떻게 언니가 그래. 어떻게 언니가, 언니가 어떻게…… 난 이제 어떡해?"

'어떻게'가 '어떡해'가 되어도 지수 언니는 아무런 말을 하지 않는다.

"이런 말 하는 거 듣기 싫겠지만 정말 미안하다."

"왜 그랬대?"

웃음이 흩어진다. 성희 언니를 보고 짓던 웃음이, 세 평 방 안에 낱낱이 흩어진다. 극도로 화가 나면 되레 차분해지는 내가 말한다. 미안하다, 미안하다. 미안하다는 말을 들어 버리자, 갑자기 울컥한다. 미안하다고 말하기 전까지는 사실이 아니었던 것처럼.

"내가 어떻게 번 돈인데. 그걸 뻔히 알면서 그런 짓을 해? 너도 똑같은 년이야. 그걸 알면서 나랑 술을 처마셔? 대체 언제 그런 생각을 한 거야? 그러면서 나한테 뭐? 좋은 가게? 헛소리하지 마. 애초부터 이럴 생각이었잖아. 그래, 그러네. 애초부터 그래서 나랑 같이 장사하자 그랬나 보네. 나 같은 애 어떻게 굴려서 돈 좀 더 벌어 보려, 그래서 그렇게 열심이었대? 참 내, 웃기지도 않네, 정말. 어디 그 따위로 살아서 어떻게 되나 보자."

눈물 한 방울 흘리지 않고 꼬박꼬박 말한다.

"그 따위로 살아라, 너는 평생 그 따위로 사는 년밖에 안 돼. 너나 성희 그년이나 똑같아."

온갖 험한 말들을 뱉어 낸다. 내가 생각할 수 있는 모든 단어를 동원하여 내가 생각할 수 있는 모든 나쁜 말들을 만들어 낸다. 지수 언니는 아무런 말도 없이 가만히 앉아 있다. 연방 미안해, 라며. 화가 나면 눈물도 나지 않는 날 대신해서 지수 언니가 운다.

"갚을 거랬어. 꼭 갚을 거라고."

그날 지수 언니가 어떤 모습으로 그 방을 나갔는지 아무리 기억하려 해도 기억이 나지 않는다. 기억이란 참으로 희한하여 내 눈으로 본 것을 내가 기억하는 것이니, 그날 지수 언니의 뒷모습이 기억나야 할 텐데 그 골방, 쪼그리고 앉아 있던 내 등이 떠오른다. 잠도 자지 못하고 멍하니 뜬눈으로 지새우던 내 머리꼭지가 떠오른다.

이틀 뒤, 주인아줌마가 오더니 놀란다. 방을 아직도 안 뺐느냐고. 오늘 이사 오기로 했다면서. 주인아줌마에게 사정을 말하고 성희 언니의 연락처나 계약할 때 썼던 아무 거라도 알려 달라고 사정해 보지만 계약서에는 지수 언니의 이름이 적혀있다. 성희 언니는 마치, 애초부터 없었던 사람처럼 사라진다.

 열일곱의 나는 주머니에 든 40,000원을 갖고 안절부절못한다. 뒤늦게 쫓아온 승리 오빠가 제 집에라도 있으라고, 아니면 얼마라도 주겠다고 몇 십만 원을 들고 방 안으로 들어온다. 그런 승리 오빠의 팔을 밀쳐 낸다. 모두 똑같다고. 다 알고 있던 거 아니냐고. 다 알고 나만 속인 거 아니냐고. 진심으로 몰랐다고, 걔가 그런 생각을 하고 있을 줄은 생각도 못했다고, 그런 승리 오빠를 걷어찬다. 평생 호스트 바나 돌면서 살라고, 너네들은 어차피 그 양아치 같은 생활에서 벗어나지 못한다고, 고래고래 소리 지른다. 성희 년이 그 따위로 사니까 제 부모도 버린 거라고. 너라고 다를 거 하나 없다고.

 미안해. 언니들이 창피한 것은 아니었어. 아니, 오히려 자랑스러웠다고. 예쁘기 짝이 없던 지수 언니. 유난히 하얀 피부를 가졌던 현희 언니. 내가 책을 볼 때면, 정말 장하다고, 넌 분명 훌륭한 사람이 될 거라던 성수 오빠. 그때 우리, 길을 걸어갈 때면 꿀릴 게 없었지. 기죽을 거 하나 없었어, 언니오빠들 덕분에. 승리 오빠, 나 알고 있었어. 어렸을 때 샀던 책인데 공부를 안 하니 버릴까 하다가 갖고 왔다던 자습서들. 2000년 발행된 자습서가 자퇴한 지 삼 년이나 되었던 오빠네 집에 있을 리가 없잖아. 생각해 왔어, 언젠가 언니오빠들의 이야기를 쓸 거라고. 우리들의 이야기이면서 세상의 구석진 이야기일 수밖에 없는 것들을. 정말로, 창피하다거나 한심한 건 아니었어. 나는 언니오빠들처럼 살고 싶지 않아, 라고 했지만 그건 달라. 언젠가 승리 오빠, 그런 말 했지? 한심하지? 라고. 그때 고개 끄덕였던 날 보고 피식 웃던 그 웃음두 기억해, 하지만 그건 한심한 것과 달랐어. 그곳을 빠져나가고 싶어서 그렇게도 일을 해댔던 것은, 달라.

언젠가 호스트바 일을 그만두고 근사한 오토바이 가게를 차릴 거라던, 엑시브나 VF 같은 거 말고 진짜 CBR을 살 거라고, 할리 데이비슨 같은 오토바이를 팔 거라고. 그 이야기를 하던 오빠를 보며 반짝이던 눈빛은 진짜였어. 우리, 마지막 보던 날, 그런 말 했지. 평생 그렇게 살라고. 언니오빠들은 평생 그 따위로 살게 될 거라고.

미안해. 언젠가 언니오빠들이 이 글을 보게 되는 날이 올지는 모르지만, 진심으로 미안해. 끝까지 미안하다는 지수 언니의 얼굴에 대고 그런 말을 하던 나를, 꿈에서도 몇 번이나 토악질할 정도로 책망했어. 몇 번이나 갔었어. 그때 오빠가 일하던 가게의 주변을 몇 번이나 서성거렸지만 도저히 찾을 수가 없었어. 사람들한테도 물었지만 누구 하나 아는 사람이 없었어. 몇 년이나 지난 일이었으니. 나, 영국에서 돌아와 가장 먼저 찾았던 게 언니오빠들이었어. 미안하다는 말, 그거 하고 싶어서 지금도 그 근처를 지나게 되면 한번씩 둘러봐. 지금쯤 오빠는 근사한 오토바이 가게를 차렸겠지, 바라면서도 혹시나 내 말이 공기 중에 남아 그것으로 인해 오빠가 아직도 어느 호스트바에서 일을 하고 있지는 않을까. 없기를 바라면서, 있기를 바라는 마음으로 한번씩 둘러보곤 해.

 스물둘의 나는 큐빅이 박힌 핀을 사지 않는다. 아무래도 겨울 기운이 가시지 않던 봄, 그날 이후.

집 나간 아이들의 지하 대피소

몇 주가 지나도록 한 줄도 쓰지 못했다. 반에 반도 되지 못하는 분량을 썼을 뿐인데 마감은 훌쩍 지나 있었다. 그러다 문득 은주에게 전화를 건다. 무엇을 써야 할지 모르겠다고. 아니, 무엇을 써야 할지는 알겠으나 뭐라고 써야 할지 모르겠다고.

그 이야기들을 어떻게 내 글로 담을 수 있을까. 내가 그들을 이야기한다는 것은 세상의 편협한 시각으로 그들을 몰아넣는 것이 되지 않을까. 내가 보는 그들을, 내가 보는 것만큼 이야기할 수 있는 능력이 내게 있기나 한 것일까. 내내 조심스러워 한 줄을 적었다 지우고, 한 페이지를 적었다 찢는다. 하지만 그 아이들, 내가 어떤 단어로 이야기했든지 자신의 이름을 적었다는 것만으로도 기뻐해 주겠지. 평소에는 컴퓨터로 작업을 하곤 하지만 그 아이들을 생각하면 글씨보다 그림이 먼저 떠올라 종이를 꺼낸다. 그들을 그려 가며 글을 적는다. 그러나 그림도 글도 어느 것 하나 그 아이들을 이야기할 수는 없어 점점 자신감을 잃는다.

대체 너희들을 어떻게 이야기할 수 있을까.

삶은 변화가 있기에 그 의미를 가지고 있는 것이라면, 내 삶은 더 이상 의미가 있지 않아야 살 수 있었다. 삶은 내일을 모르기 때문에 생동감을 가지고 있는 것이라면, 내 삶은 죽어 있기를 바랐다.

열여섯이 되어 처음으로 카멜레온을 보았을 때, 나는 확신했다. 모든 카멜레온은 필시 늙어 죽는 것이 아니라 병들어 죽는 것이다. 스스로 감당할 수 없는 변화에 그는 숨 막혀 죽는 것이다. 동물이라고는 사람을 제외한 모든 것들을 그다지 좋아하지 않는 나로서는 카멜레온에 대한 그 확신은 분명 유별난 것이었다. 한 달에도 몇 명이 들고 나기를 반복하는 그 방 안에서 다짐한다.

덜 사랑하게 해 주세요.

우리들의 지하 방은 언제나 아이들로 북적거린다. 어렸을 적

친구였던 태성이를 찾아 부탁한다.

"얼마간만 있게 해 줘."

남의 집을 떠나고 싶다고 했던 열여섯, 열일곱이 되어 또 남의 집에 들어간다. 집주인이야 태성이었지만, 내가 있고, 태성이의 여자친구들이 있다.

서너 평은 될까. 욕실 겸 부엌이라고 부르기에는 진짜 욕실 겸 부엌에게 미안할 정도의 공간. 서서 물을 끼얹으면 언제나 가스레인지가 젖어 버린다. 아직 초봄, 차가운 시멘트 바닥에 발을 대고 물을 끼얹기는 춥다. 게다가 보일러도 돌아가지 않는 작은 방. 그 안에서 술을 마시고, 소설을 읽고, 담배를 피우고, 섹스를 한다. 아직은 춥다.

은주.

태성이를 통해 소개받은 은주라는 아이. 찬찬히 훑어본다. 순간 주눅이 들 뻔한다. 새까만 눈동자가 말똥말똥 날 쳐다본다. 낡고 더러워진 내 운동화를 바라보는 그 눈길에 발을 뒤로 돌린다. 그런 줄도 모르고, 다른 사람보다 한 옥타브는 높은 목소리로 말한다.

"운동화 예쁘다. 이거 맥스죠?"

나이키 사의 운동화 브랜드를 말하며 아예 내 앞에 쪼그려 있는다. 아아, 너무 자세히 보지는 말아 줘. 그 아이가 신고 있는 잘

닦인 까만 에나멜 구두.

  동정심 많은 눈.

  까만 에나멜 구두의 앞코 같은 눈동자로 세상을 보는 아이. 그 앞에서 어쩔 줄 몰라 대충 신발을 벗어 던지고 방 안으로 들어간다. 아무렇게나 벗어 버린 운동화를 몇 분이 지나도록 쳐다보고 있다.

  "나, 이거 사고 싶었는데, 나한테는 안 어울릴까 봐 못 사겠어요. 언니는 이거 어디서 샀어요? 언니 살 땐 얼마였어요? 내가 압구정에 있는 멀티숍에서 이거 봤거든요. 그런데, 색깔이 조금 맘에 안 들더라고요. 언니는 어때요? 그리고 왠지 맥스는 남자애들이 신는 느낌이라서. 와, 그래도 언니는 정말 잘 어울리네요."

  일 분에 육십 마디는 쏟아내는 것 같다는 소리를 듣던 내가 그 아이 앞에서 얼굴이 붉어진다. 장난끼 있는 주근깨가 군데군데 퍼진 분홍색 뺨. 나풀거리는 치마를 입고, 그제야 방 안으로 들어온다.

  "언니는 어디 다녔어요? 태성이 오빠 말론 압구정에서 다녔다던데, 나도 거기 아는 언니오빠들 몇 있거든요. 나는 대왕에 다녔어요. 언니는요? 아, 맞다. 근데요."

  은주 앞에 서면 언제나 나는 굉장한 사람이 된다. 6년 전 그때나, 지금이나. 하루는 허브를 사 갖고 들어와서는 이건 허븐데

잘 키우면 종자가 변해 상추가 되는 거라 했더니 그런 줄 안다. 내가 존경하는 작가님들을 제외하곤 내가 세상에서 글을 제일 잘 쓴다고 믿는 눈동자 앞에 서면 언제고 나는 거만해진다.

얼마 전 만났던 한 사내아이가 나랑 같은 학교, 같은 과가 목표라며 꼭 같이 합격하자 했더니 뒤돌아서 그런다. '건방지게.' 누군가 자신의 디자인을 무시하고 들면 '역시 난 재능이 없나 봐.' 하는 녀석이.

"넌 꿈이 뭐야?"
은주에게 묻는다. 마음에 드는 사람을 만나면 언제고 묻는, 버릇 같은 내 질문.
"글쎄요……그냥 뭐……."
그 질문을 던진 뒤로 내게 말을 거는 횟수가 더욱 잦아진다.

태성.
오래된 매트리스가 삐걱거리는 소리에 잠에서 깬다. 혹은 욕망 섞인 신음소리를 들었던 것인가. 마지막 꿈의 잔상과 현실이 묘하게 겹쳐 내가 무엇 때문에 잠에서 깼는지 인지할 수 없다. 일어나 보니, 태성이와 그의 여자친구가 이불마저 젖혀버린 채 뒤엉켜 있다. 태성이의 나신에 놀란 것은 아주 잠시다. 차라리 놀란 쪽은, 태성이의 나신을 받아들이는 나의 모습이다. 여자아이의 몸뚱이 위에 자신의 몸뚱이를 엎어 두고 있는 태성이가 엉덩이를 올렸다가 내렸다 하며, 뜨거운 입김을 뱉어 내는 모습이 창으로 흘러 들어오는 아침의 기운에 비치는 것을 보던 나는 '아주 짜증스럽다'라고 생각한다. 그것은 그 둘의 행위에 대한 겸연쩍음 따위가 아니라 출근 시간이 한 시간 반 정도 남아 다시 잠이 들기에도, 그렇다고 일어나기에도 모호한 시간이었던 탓이다. 다시 눈을 감지만, 딱 한 시간 반 정도만 잘 자신이 없음에 다시 일어난다.

들어 있는 공간보다, 비어 있는 공간이 많은 220리터짜리 냉장고의 문을 연다. 기다렸다는 듯 바퀴벌레가 쪼르르 기어 나온다. 춥지도 않나. 바퀴벌레에 별 의미를 두지 않은 채 계란 한 개를 집는다. 부스럭거리는 소리가 잠시 신경 쓰였으나 너희들이나 잘해, 라는 심정으로 일부러 라면을 꼭 쥔다. 부스럭거리는 소리가 더욱 크게 울린다. 라면 한 그릇을 국물까지 깨끗이 비운 나는 재떨이 통을 찾는다. 빈 과자통 안에 빽빽이 모아 둔 담배 꽁초를 주워 든다. 월급을 받아 2주 동안은 새 담배를 피우고, 그 땐 반씩 남겼다가 이 과자 통에 꼭꼭 쌓아 둔다. 그러다가 2주가 훌쩍 지나 용돈이 떨어지면 모아 둔 꽁초를 꺼내 피우는 것이다. 그렇다고 굉장히 알뜰한 것도 아니면서 꼭 담배만큼은 유난을 떠는 내가 우습다고 생각될 즈음 둘의 향락이 끝났는지 태성이가 두리번거린다.

"휴지 어디 있어?"

대답도 않고 휴지 두루마리를 휙 던져 준다. 휴지는 바퀴벌레가 다닥다닥 붙어 있는 벽에 부딪혀 튕긴다. 바퀴벌레라면 기겁을 하는 여자애들도 이 방에서만큼은 바퀴벌레와 동고동락하는 것이 나쁘지만은 않은 눈치다. 정확히 말하자면, 나쁜 눈치를 보일 수 없는 것일 테지만.

태성이는 여자가 많이 따른다. 돈도 없고, 인물이 뛰어나게 잘난 것도 아니며, 그렇다고 마성을 불러일으키는 카리스마 따위가 있는 것도 물론 아니다. 태성이가 가진 것이라면, 눈웃음과 화려한 언변이 전부다. 그 두 가지만으로 태성이는 이삼 일에 한 번씩 여자를 바꿀 수 있는 것이다.

같은 여자지만, 도저히 이해가 안 되는 것이 그녀들의 마음이다. 어느 한구석 내로라할 것이 없는데 잘도 빠지는 것을 보면 도화살이라는 것이 있기는 한 모양이고, 그것은 나만 비켜 가는 모양이다. 그녀들이 태성이에게 연정을 품는 것까지는 그럭저럭 이해를 한다 쳐도 태성이의 선물에 감격하는 것은 도무지 종잡을 길이 없다.

태성이는 슬슬 다가오는 화이트데이가 부담스럽다. 지난 2월 받은 것은 있으니 주긴 줘야 할진대, 그 받은 것만큼 돌려주기에 태성이의 주머니는 한없이 얄팍하다. 그나마 몇 명은 화이트데이가 다가오는 것을 기해 정리했지만 차마 그러기 아까운 여성들에게 세상에 둘도 없을 선물을 하기로 마음먹는다.

선물은, 가격이 굉장히 저렴해야 하며, 모두를 만족시킬 수 있어야 한다. 그렇게 생각해 낸 것이 바퀴벌레 콜라주다. 방 안이고, 냉장고 안이고, 세탁기까지 지천에 널린 게 바퀴벌레니 돈 들어갈 일 없겠다, 죽여도 죽여도 나오는 것이 바퀴벌레니 고갈될 염려 없겠다, 바퀴벌레 박멸까지 한번에 기능을 수행하니 일석 삼조, 일석 사조다.

그날부터 아이들은 쌍심지를 켜고 바퀴벌레를 찾는다. 태성이의 집에서 몇 번이고 신세를 진 나도 동참하지 않을 수 없다. 밥을 먹다가도 만화책을 보다가도 바퀴벌레만 보이면 손을 뻗는다. 그것은 반드시 손으로 잡아야 한다. 그러지 않고 책이나 다른 물건으로 눌러 잡으면 바퀴벌레의 체액이 물건에 눌어붙어 벽에 붙일 때는 접착력이 약해지기 때문이다. 아직 손가락 안에서 바둥거리는 바퀴벌레를 잡아 벽에 붙인다. 벽에는 벌써 태성이가 그려 놓은 테두리대로 바퀴벌레의 시체들이 제법 모양새를 갖춰 가고 있다.

그러기를 한 열흘이 되었을까. 벽에 붙은 바퀴벌레는 태성이가 연필로 그려 놓은 모양이 사라져도 하트라는 것을 알 수 있을 정도로 더덕더덕 붙었다.

 일단 태성이의 부탁대로 바퀴벌레를 잡아 붙이기는 했으나, 이것을 선물이라 할 수 있을지는 의심스럽다. 아무리 남자 같은 나일지라도, 저 바퀴벌레 눌러 붙여 만든 하트는 반기고 싶은 생각이 도통 들지 않는다. 그러나 태성이의 여자친구들은 그것을 반기고 나섰으니, 그것이 태성이의 화려한 언변 탓인지, 바퀴벌레 콜라주의 예술성 탓인지 경계가 모호해진다. 태성이는 적어도 사랑과는 관계가 먼 이유들로 덕지덕지 붙여진 바퀴벌레에 의미를 부여한다. 이런 것은 지금까지도 앞으로도 받아 보지 못할 선물이며, 세상에 둘도 없는 너를 위해 만들었다, 그중 바퀴벌레를 택한 것은 보통 잘 어울리는 쌍을 두고 '한 쌍의 바퀴벌레'라고 칭하는 것이 그 이유이고, 또 하나는 바퀴벌레의 끈질긴 생명력처럼 둘의 사랑도 끈질긴 생명력을 자랑하자는 것이다. 아무리 꿈보다 해몽이라지만 그런 태성이의 모습에 그저 기가 차 헛웃음을 짓는다. 내가 노려보는 눈길도 모른 채 태성이의 손이 여자의 치맛자락 속으로 들어간다.

 주유소 일을 마치고 돌아온 나, 쉬지 않고 씩씩거린다. 들어오자마자 담배를 뻑뻑 피워대며 욕지거리를 내뱉는다. 자다 깬 태성이가 일 나갈 채비를 하며 무슨 일이냐 묻는다. 열일곱의 나, 열여섯 여자아이가 무시하더라고. 열여섯 여자아이가 내게 담배

연기를 뻑뻑 뿜어대더라고 전한다.
"원래 네가 좀 착하게 생겼잖아. 그냥 참어."
그런 태성이의 말이 못내 서운해 한참이나 말을 않는다.

이튿날, 집에 돌아와 보니 눈에 익은 가방 하나가 방 안에 놓여 있다.
"이거, 뭐야? 누구 왔었어?"
"어? 놓고 갔나 보네."
"또 여자냐."
피식 웃는 태성이를 아무렇지 않게 지나친다.
사흘이 흘렀나. 그 여자아이, 점점 순해진다. 주유소 앞에서 그 여자아이를 기다리는 태성을 본다. 내가 싫어하는 줄 알면서. 뾰루퉁해진 나, 집에 들어가지 않는다. PC방에서 밤을 새우고 출근을 하는데 주유소 가는 길에 태성이가 서 있다.
"또 걔 보러 왔니? 정성이네. 아주."
피식 웃는 태성이에게 비아냥거린다.

하루는, 태성이가 갑자기 새 옷을 풀어놓는다.
"이게 다 뭐냐, 옷 샀니? 와, 이거 진짜 괜찮다."
반바지를 하나 집어 든다. 유행 타는 체크무늬 남색 반바지.
"너 다 가져. 네 거야."

"어? 내 거? 너, 드디어 미쳤구나?"

무슨 일인지 의아한 표정으로 태성이를 본다. 그제야 더 이상 못 참겠다는 듯 비밀스레 털어놓는다. 말인즉슨, 여자아이라 혼내 줄 방법이 없어 차라리 그 여자아이를 꼬셔 내기로 마음먹었단다. 그런 일이라면 또 어렵지 않아 길 가던 그 여자아이에게 말을 걸기부터 중고 오토바이 한 대를 선물 받기까지 꼭 보름이 걸렸단다. 그리고는 그 오토바이를 금세 팔아 내 옷을 사 오는 길이라고.

"잘하는 짓이다. 그게 뭐냐, 여자 등이나 쳐 먹고."

잔소리를 하는 내 입꼬리가 올라간다. 며칠 지나지 않아 그 여자아이 내게 한껏 다정하다. 태성이가 요즘 들어 전 같지 않다며, 그에게 여자가 생긴 것은 아니냐며. 그 여자아이의 월급을 쏟아 부었을 내 반바지. 고개를 숙인다. 내 대답을 채근하지만, 뭐라 말한담. 네가 나한테 까불어서 이리저리 되었다고? 그 후로 일주일이나 그 여자아이의 술친구가 되어 준다. 그래도 열 벌이 넘는 옷의 대가가 이 정도라면. 기꺼이.

성준.

어느 때고 가장 남성적이며 가부장적이기까지 한 성준, 그는 미용실에서 일을 한다. 디자이너가 되려고 성준이가 하는 일은 청소를 하거나 머리를 감겨 주는 것이 고작이다. 일을 배운다고 항상 지문이 닳도록 남아 연습을 하던 성준이가 어느 날 염색을 해 준다며 부른다. 호준이와 나, 그리고 호준이 반의 부반장이라는 여자아이의 머리는 빨간색, 노란색, 초록색이 된다. 돌아오는 길 지하철 사람들이 수군댄다.

'내 친구가 해 준 머리라고요, 어때요, 멋진가요?'

지하철에서 내려 골목으로 들어서려는데 한 여자가 다가오더니 잠시만 이야기를 할 수 있겠느냐고 한다. 기자라면서 명함을 내민다. 왜 그러느냐고 물었더니, 머리 색깔이 너무 멋지다며 칭찬 일색이다. 99년, 염색에 호락호락하지 않던 시선 속에서 그 여자가 우리를 추켜세우고 있다. 그녀를 따라 커피숍에 들어간 것은 딱히 대단한 일도 아니다. 어느 패션지의 기자겠거니. 그녀 옆의 남자가 이내 커다란 ENG 카메라를 멘다. 호준, 그 어느 날보다 의기양양하다.

"야, 진짜 TV에 나온다니까."
"TV에? 왜? 어떻게? 큭, 그냥 어디서 속은 거 아냐?"

당최 호준이의 말을 믿으려 들지 않는 태성이를 두고 유유자적하게 웃는다. 이제 길거리에서 사람들이 알아보면 어쩌냐고. 차라도 한 대 뽑아야겠다고, 지하철을 어떻게 타느냐고.

전화가 걸려 온 것은 며칠 뒤였다. 그 부반장, 이른 아침부터 전화를 해댄다. 그날 뉴스에 나온 것은 '멋진 헤어스타일'의 세 사람이 아니다. 신호등 머리를 하고 돌아다니는 '요즘 청소년'. 인터뷰는 앞뒤 자르고 대화 순서 몇 개 바꾸니 전혀 다른 말이 된다. 왜 머리를 그리 했느냐는 질문에 "그냥"이라고 답했던 호준. 허나 우리가 염색을 한 이유에 대해 TV는 그리 말한다. 튀고 싶어 하는 청소년들의 심리며, 그것은 관심을 끌기 위함이고, 그리므로 사회는 청소년들에게 좀 더 관심을 가져 줄 필요가 있다고.

1999년 그 거리, 샛노란 머리의 나 하나가 걸어간다. 백 명이 지나가도 그런 머리 하나 찾기 어렵던 그해에. TV에서는 '요즘 청소년'이라고 말한다. 게다가 '신호등 머리'라니. 그 여기자, 죽어도 카피라이터는 되지 말길.

지성.
일을 마치고 돌아오니 며칠 전 들어왔던 지성이가 호준이에게 담배를 배우고 있다. 지성이가 하도 진지하게 따라 하기에 웃음이 나오는 것을 간신히 참는다. 담배 피우는 법을 알려 주면서도 자신이 반장이라는 말은 **빼지** 않는다. 마치 반장이라 알려 주는 것이지, 반장이 아니면 알려 줄 수 없는 것을 알려 주기라도 한다는 듯. 감투가 좋긴 좋은 모양이지.
"뭐 하는 짓이냐."

잠에서 깬 성준이가 시끄럽다는 듯 짜증스러운 말투로 일어난다.

"잘하는 짓이다."

성준이의 날카로운 목소리만큼 날카로운 손길이 지성이의 입술 사이 담배를 낚아챈다.

"어차피 집에 들어갈 애한테 좋은 거 가르친다."

다시 획 돌아눕는다. 주먹이야 호준이가 성준이의 몇 배는 세면서도 성준이의 그런 말에는 다시 담배를 물리지 못한다. 성준이의 목소리에는 단호함이 확연하다.

순간 지성이는 돌아갈 아이, 라는 의식이 확 찾아든다. 누구도 입 밖에 꺼내지는 않았지만 알고는 있다. 상처 없는 웃음. 세상이 다르다 구분하여 다른 줄 아는지, 우리들 스스로 깨친 것인지는 알 수 없으나 구분 짓고 있다. 돌아갈 사람, 남을 사람, 어울리는 사람, 어울리지 않는 사람. 그 작은 지하 방, 어울리지 않는 지성이가 담배 한 대를 빼앗기는 모습을 빠져나가려고 안간힘을 쓰는 내가 바라본다.

사회성이 결여된 아이들이 모여 만든 작은 사회라는 것은 좋건 싫건 좀 더 큰 사회의 영역과 교묘하게 걸쳐져 있으며 그것을 의식하지 않는 아이들이 모였다 한들 교묘하게 걸쳐진 영역 안에서 암묵적인 규칙을 만든다. 사회에서 할당된 우리의 몫 같은 곳에서 살아간다. 교묘하게 걸쳐져 있다. 일층도 아니고, 그렇다고 지하도 아니다.

호준이가 채팅을 하다 만났다는 가출 소년 지성이는 우리들의 예상보다 좀 더 오래 머물기는 했지만 그 봄이 끝나기 전 돌아갔다. 지성이를 맡지 않겠다고 다투던 부모는 결국 합의를 보고 지성을 찾기 시작했다. 우리 중 누구도 지성이를 잡는 이가 없었고, 그의 떠남에 서운해 하는 표정 또한 짓지 않았으므로 그는 태연한 표정으로 방을 나섰다. 한편으로는 그가 오히려 우리에게 서운했을지 모르겠다는 생각을 한다. 신발 끈을 묶는 그의 손길이 더디었던 것을 보면. 하지만 지성이가 우리를 기억하던 것보다 더 오랜 시간 동안, 우리가 지성이를 기억한다 말할 수 있다. 벌써 육 년이나 흐른 이야기를, 나는 이렇게 적고 있지만 지성이가 우리의 이야기를 적은 일기 따윈 없을 테니.

호준.
3월의 초봄, 이불 한 장 없이 견디기에는 이빨이 저절로 소리를 낸다. LPG보일러는 돈이 떨어지면 그대로 멈춰 버린다. 누군가 돈을 벌어 가스통을 시킬 때까지 몇 날 며칠 씻지도 못한다. 보통 대여섯 명이 몰려 있는 지하 방에는 오늘따라 열한 명이나 꽁꽁 뭉쳐 가시지 않는 추위를 불평한다. 대부분 여자아이들이다. 태성이가 데리고 들어왔나 싶었는데 호준이가 데리고 왔단다. 지하 방의 여자들이란, 대부분 태성이의 여자친구이곤 했으니 의아한 얼굴로 그녀들을 본다.

호준이는 올해 1학년으로 복학했다. 나이로 치면 2학년이지만 작년 입학식을 한 뒤로 한 보름쯤 나가다 그만두어 올해 다시 1학년이 된다.

그나저나 웬 여자애들이 저리 많으냐고 물었더니 자기 반 친구들이란다. 며칠 전부터 반장이 됐다며 한참 떠들고 돌아다니더니 학교를 제대로 다니기는 하는 모양이다. 자기의 교과서는 학교에서 나눠 주는 글씨 빼곡한 책이 아니라 '상남2인조'라는 일본 만화라며 그 책에 나오던 일본어로 문신까지 새겼다. 그런 녀석이 반장이라니. 반장이라는 단어에서 풍겨 오는 엘리트 같은 느낌은 고사하고, 반에서 중간의 중간도 못할 것 같은 녀석이 반장을 달다니. 믿기지 않아 그의 친구들에게 몇 번이고 묻는다. 성질 급한 호준이가 끼어든다.

"당연하지, 난 반장. 얘는 부반장. 얘는 학습부장."

"나 도서부장인데?"

설명하기로 마음을 먹었다 한들 제대로 기억하는 것이라곤 자신이 반장이라는 것밖에 없다. 그래도 열성이다. 계속해서 틀리고, 타박을 받지만 어쨌건 소개를 마친다. 한 반의 임원이 모조리 모여 친목을 도모한답시고 술한잔하러 왔단다. 자기가 반장이니, 자기가 데리고 오는 게 마땅하다며. 하지만 차가운 시멘트 바닥 위의 아이들 앞에서는 반장의 위엄이고 뭐고 없이 여자아이들의 불평만 가득하다. 불이라도 난 줄 알겠다. 방 안이 금세 하얀 연기로 가득 찬다.

호준이는 성준이를 데리고 밖으로 나간다. 주머니는 궁하고, 별다른 묘책은 없지만 일단 술을 사 오겠다고 떵떵거리며. 그 둘이 모은 돈, 400원을 두고 머리를 맞댄다. 그래도 남자 체면에, 그것도 그냥 남자가 아니라 '반장'인 남잔데. 없는 술값 꿀 수도 없는 노릇이라 어디 술 취한 아저씨라도 없나 어슬렁어슬렁 집을 나선다. 그때 바로 앞 수퍼가 눈에 들어온다. 호준이는 반장이란 타이틀이 아깝지 않을 만큼 리더십이 강한 녀석. 애써 먼 골목까지 가지 않더라도 쉽게 술을 조달할 수 있는 방법에 성준이를 끌어들인다.

몇 분 지나지 않아 수퍼의 문이 열리고 그 안에서 소주 한 짝을 짊어진 호준이가 성큼성큼 걸어 나온다. 둘은 한 봉지에 400원인 과자를 살까, 라면을 살까 진중하게 머리를 맞대어 보지만 400원을 갖고 열한 명의 아이들을 만족시킬 방법은 떠오르지 않는다. 결국 그 둘이 선택한 것은 캐러멜 두 개. 라면이건 과자건 한 봉지를 사 놓으면 꼭 안주만 죽어라 먹는 녀석들이 있어 안 된다는 이유로. 그렇게 한 반의 임원들을 포함한 열한 명의 아이들은 캐러멜 하나씩을 받아 들고 소주 한 잔에 단물 한 번 빨아내고, 또 소주 한 잔에 단물 한 번 빨아내며 추위를 이긴다. 가위바위보에서 이긴 몇은 캐러멜이 두 개.

라면 국물 한 그릇만 쫙 들이켜면 소원이 없겠는데. 한창 그런 생각을 하면서 눈을 뜨지 않은 채 멍하니 있는데 어디선가 라면 냄새가 솔솔 풍겨 온다. 이것이 정말 라면 냄새인지, 혹은 내가 너무 원하다 보니 나의 후각이 제 기능을 못하고 있는 것인지 고민하는 동안 후루룩 소리가 들린다. 그제야 눈을 뜨니, 여자아이들 몇이 저희들끼리 킥킥대며 라면을 먹고 있다. 라면 냄새에만 정신이 팔려 있다 생각해 보니 그들이 라면을 끓일 수 있을 만한 가스가 없다. 어찌된 일인가 싶어 둘러보니 전기난로를 엎어 놓고 그 위에 프라이팬을 얹은 뒤, 라면을 끓이고 있는 것이다. 당연히 라면은 제대로 익지도 못했고, 맛이 있을 리 또한 없다. 하지만 태어나 전기난로에 라면을 끓여 먹는 일은 처음인지 신나 한다.

"근데 그거, 그러지 말고 밥통에다 끓이면 더 잘 익을 텐데."

별생각 없이 던진 말 한마디에 여자아이들의 시선이 모두 나를 향한다. 왜 진작 말해 주지 않았느냐는 원망이 가득한 눈초리다. 깔깔거리던 모습은 온데간데없다. 괜한 말로 산통을 깬 것 같아 미안할 지경이다. 우여곡절 끝에 설익은 라면으로 해장까지 마치고도 학교에 갈 생각들은 없어 보인다. 결국 호준이 반 학급회의는 만 하루를 지내고서야 끝난다.

 호준이가 갈수록 사나워지고 있다. 그럭저럭 다니던 학교도 안 나간 지 한 달이 넘어간다. 술을 마시고 들어오는지 문을 여는 소리가 유독 거칠다. 호준이의 술버릇은 유명하다. 이불 한 장 없이 겨울을 나야 했던 것도 사는 족족 담뱃불로 태워 버리거나 용변을 보기 때문이다. 그것은 그렇다 치더라도 자동차 백미러를 부숴 가며 오늘은 몇 개, 저거 부러뜨린 게 걸리면 얼마를 물어 줘야 하는데 걸리지 않았으니까 얼마를 번 셈이라며 독특한 계산을 한다. 게다가 180센티미터가 훌쩍 넘는 키에 80킬로그램이 넘는 몸무게. 손바닥 하나가 작은 계집아이 얼굴만 하다. 평소에는 그저 든든한 친구지만 그 안에 술이 들어가고 나면 꼭 그 손바닥만큼이나 거칠어진다. 잠잠해지는가 싶으면 한 번씩 주먹을 휘두른다. 그나마 다른 녀석들이야 남자니 어지간히 참는다 해도, 나만은 그 순간마다 겉돌아야 했다. 빈이가 주머니에 3,000원을 넣어 준다.
 "PC방에라도 가 있어."
 "싫어. 니 피곤해."
 "쟤 성격 몰라서 그래?"
 "뭐야, 정말?"

짜증스러운 목소리를 거두기도 전에 호준이의 주먹이 빈을 향한다.

"내가 만만해 보이냐, 이 새끼야!"

태성이가 말려 보지만 턱도 없다. 일주일에 한 번꼴로 만취해 오는 호준. 짜증스럽지만 또 시작이라니, 어쩔 수 없지. 대충 지갑을 챙겨 나가는데 은주가 놓고 간 고양이 인형이 그려진 손수건이 눈에 띈다. 열일곱에 고양이 인형이 그려진 손수건이라니.

호준이의 술주정을 피해 밖으로 나온 나는 PC방으로 향할까 하다 핸드폰을 연다. 제멋대로 저장해 놓고 간 은주의 전화번호. 새벽 세 시가 넘어가는 시간, 무턱대고 전화를 건다.

"여보세요?"

"아, 저기 나……."

"누구세요?"

"아, 나 연준데……."

"어? 정말 언니예요? 근데 이 시간에 웬일이에요, 무슨 일 있어요?"

기대 이상으로 반기는 목소리에 갑작스레 눈물이 왈칵 쏟아진다. 쫓겨 나온 지하 방과 반기는 은주가 교차한다. 결국 호준이의 일을 소상히 말해 버린다. 당장 택시 타고 자기 집으로 오라고. 주머니에 있는 3,000원을 만지작거린다. 잠실까지 3,000원

이라, 빠듯한데

"신천역으로 오시면 제가 택시비 들고 나가 있을게요."

내 망설임을 눈치챘는지 제가 먼저 말하고 나선다. 나는 전화도 끊지 않은 채 택시에 올라탄다.

"아저씨, 신천역이오."

환승구역

고려 고시원. 고시원이라는 세 글자만 최근에 교체한 모양인지 저녁시간이 되자 고려, 라는 글씨는 거의 보이지도 않는다. 그랬던 탓일까. 옛 고려의 정기 같은 것은 찾아볼 엄두도 나지 않는 후줄근한 인물들로 복작거린다. 혹 이들 중 한둘은 정말 사법고시를 치르고 고려의 정기를 이어받은 판검사가 되거나 다른 공무원이 될는지 알 수 없으나 적어도 고려의 광채를 눈에 품고 다니는 이는 없다.

"근데 미성년자는 부모님한테 허락을 받아야 되는데……."
원장의 말끝이 흐려지는 것은 두 가지의 근심이 교차함이라는 것을 안다. 하나는 가출한 아이라 부모로부터 신고가 들어오지 않을까 염려함이고, 하나는 괜히 검사를 했다가 손님 하나 놓치게 될까 염려함이다. 그 근심을 해결해 줄 서류 한 장을 봉투에서 꺼내 보여 준다.

"제 주민등록등본이에요. 부모님은 돌아가셨어요."

나는 행여 그가 돌아가신 부모님을 대신하는 보호자를 불러오라 하지는 않을까 잠시 그의 낯빛을 살핀다. 그 또한 꼭 같이 나를 본다. 단정한 말투, 그 말투 같은 옷차림, 게다가 축 처진 눈꼬리는 더할 나위 없이 도움이 된다.

동네 일간지를 모조리 걷어 와 일자리를 찾는다. 그나마 중학교 시절부터 간간이 아르바이트를 하던 터라 내가 제법 손끝이 야물다는 점 정도는 알고 있다. 식당은 시급이 세지만 하루 종일 일하기에는 나이가 어리고, 편의점이나 패스트푸드점은 시급이 적다.

'역시 주유소밖에 없나?'

일단 낮에는 주유소에서 일을 하고, 저녁에는 식당에서 일을 하기로 마음먹는다.

첫 월급을 받았던 것은 주유소에서 일을 하고 나서다. 하지만 나이가 어려 읨을 할 수 없던 탓에 월급봉투 위 떡 하니 찍힌 이름은 나의 것이 아니었다. 열여섯의 나는 내 이름이 씌힌 월급봉투를 받을 수 있다.

주유소 면접을 보는 것은 어렵지 않은 일이다. 게다가 난 내가 면접에서 유리한 외모 조건을 갖추었다는 것도 알고 있다. 똑똑한 체 말하지만, 인상은 서글서글하다. 일을 부려야 하므로 너무 어리석거나 무지해도 안 되며, 아랫사람이니 너무 똑똑해도 골치다. 모범적인 옷차림 하며 안경까지 쓴 모습은 영락없는 고학생이다. 예쁘지 않은 내 외모가 장점이 되는 법을 나는 아주 잘 알고 있다.

옆방 아가씨.
방 안에 멀뚱히 누워, 내가 온전히 혼자라는 생각을 한다. 온전한 혼자를 위해 고군분투했던 일은 그렇게 힘들지도, 많은 노력을 기울이지도 않았으나 이루어졌다. 그러하기에 고군분투라는 말은 어울리거나 어울리지 않는다. 그러고 보면 꽤나 생각 많을 것 같은 내 인생의 (감히 인생이라 입에 담을 수 있을지 모르겠지만) 굴레들이 사실은 아주 사소한 것들로 발병했던 것이다, 라는 생각이 밀려오니 동의서고 뭐고 제 멋대로 되라는 식이다. 벌렁 드러눕는다. 바닥의 찬 기운이 허리 끝부터 전해진다. 보일러는 9시가 돼야 틀어 준다던 주인의 말을 흘려들었던 대가를 톡톡히 치르고 있는 셈이다. 얼마나 잤을까. 어렴풋이 에델바이스가 들려오다가 멈췄다가 다시 들려온다. 에델바이스가 들려오는 꿈을 꾼 것 같기도 하다.

이윽고 '똑똑' 소리에 화들짝 놀라 일어난다. 그제야 머리맡의 핸드폰이 저 혼자 노래하는 것을 듣는다.

"누구……세요?"

대답을 듣기 위한 질문은 아니었던지 벌써 문을 연다. 짙은 화장에 부스스한 노란머리의 키 큰 아가씨. 한껏 짜증난다는 표정으로 앞에 서 있다.

"시끄러워서 잠을 잘 수가 없잖아요. 소리라도 좀 줄여 놓던가. 씨발……."

죄송하다는 말을 전할 겨를도 주지 않고 자기 방으로 쏙 들어간다. 그리고 그 시간부터 나는 알람 소리뿐 아니라 뒤척이는 소리, 끄적이는 소리까지 그녀와 공유하게 되었음을 알아차린다. 간혹 그녀가 데리고 들어오는 남자와, 그 둘의 살이 섞이는 소리마저 적나라하다. 이름도 모르는 옆방 아가씨가 절정에 달하려면 옷을 벗은 뒤 얼마의 시간이 흘러야 하는지를 알아 버렸다.

며칠 뒤 그녀를 만난 것은 샤워실. 내 반바지 사이로 얼룩진 화상 흉터를 보더니 말을 건다.

"어머, 다쳤어요? 그거 화상 입은 거죠?"

첫 대면에서는 제 할 말만 하고 사라지더니, 두 번째엔 치부를 건드린다. '나의' 치부는 아니나, 치부인 흉터를. 사실 내게는 딱히 거슬릴 것도 아니었기에 어색한 듯 웃으며 답한다.

"한 살 때, 화상을 입었거든요. 좀 크게 다쳐서 그런지 없어지지 않네요."

"아, 나도 그런데!"

짙은 화장과 꼭 어울리는 하이 톤으로 맞장구치며 돌연 티셔츠를 확 들어 올린다. 그녀의 잘록한 허리와 군살 없이 매끈한 배는, 나의 다리처럼 흉터로 얼룩져 있다. 그녀는 화상 흉터로 유대감을 형성하더니, 곧잘 내 방에도 들락거리기 시작한다. 낮에 일하는 나와 달리 밤에 일하는 그녀는 새벽이 되면 술 냄새를 풍기며 내 방문을 두드린다. 몇 시간 후면 출근을 해야 했기에 그런 그녀의 행동이 나를 피곤하게 했지만 그렇다고 딱히 싫은 것도 아니다. 내 방문을 두드리지 않는 손에 들린 치킨이며, 김밥들은 나를 흐뭇하게 하는 데 일조하고 있었으니까.

"근데 여기 너무 좁다. 너 내 방에서 자라."

"왜?"

"어차피 매일 오는데, 여긴 너무 좁잖아. 내 방은 더 넓거든."

근처 단란주점에서 일한다던 그녀의 201호는 나의 것보다 훨씬 넓다. 침대도, 화장대도, 켜지지 않는 TV까지. 내 방보다 10만원이나 비싼 값을 톡톡히 치르고 있다. 그녀의 말대로라면 하루에 몇 십 만원은 거뜬히 버는데 아무리 침대가 들어가 있다 한들 창도 없는 그런 방에서 지낸다는 것이 쉽사리 이해되지는 않는다. 어쨌든, 그런 것보다 지금은 이 방에 폭신폭신한 침대가 있다는 점이 내 구미를 당긴다. 가끔 남자와 같이 들어올 때는 자다 말고 내 방으로 돌아가야 한다는 점을 빼면 절대 밑지는 장사는 아닌 셈이니 나는 그날 저녁부터 201호에서 잠들기 시작한다.

"연주야, 연주야."
"으응?"
잠이 덜 깬 채 눈을 비비니 노란머리가 또 남자를 데리고 들어온다. 이전에도 여러 번 보던 얼굴이라 짧은 목례를 한다.
"나, 내 방으로 갈게."
"아냐, 너도 같이 마시자."
그리고 보니 그녀의 손에 들린 비닐봉투 속에서 초록색 소주병이 비친다. 그녀는 오늘따라 치부를 쿡쿡 열어 젖힌다.
"넌 왜 집 나왔어? 엄마 아빠는? 너 여기서 사는 거 다른 사람들도 알아? 학교는?"
그녀의 질문에 답하고 있는 내가 마치 그녀와 만담이라도 하는 양 죽이 척척 잘도 맞는다. 어떤 면으로 그녀와 나는 찰떡궁합이다. 다른 사람이라면 쉬이 묻지 못할 것을 그녀는 마치 '머리핀 예쁘다, 그거 어디서 샀어?'라고 말하고 있는 것처럼 잘도 묻는다. 역시 다른 사람이라면 쉬이 대답하지 못할 것을 나는 마치 '요 앞에 있는 리어카에서. 다른 핀들도 예쁜 거 많아'라는 식으로 잘도 대답한다.

 부모님이 안 계시다는 거나, 사생아라는 거나, 혼자 산다는 거나 얼마든지 내게 득이 될 수 있는 것임을 알고 있다. 똑같이 사시에 합격을 했다 치자. 한쪽은 부모님 계신 가난한 집안 차남이고, 한쪽은 부모님 안 계신 외동아들. 핀 조명은 후자 쪽을 비춘다. 따지고 들자면 가난한 집안의 차남이 더욱 많은 공을 들였을 수 있다. 장남이 아니고서야 부모님들의 갖은 애정 공세를 한 몸에 받지도 못했을 것이고, 가난한 집안이니 공부를 하는 것도 쉽지 않다. 그에 비하면 외동아들인 후자는 그저 제 한 몸 건사하면 그만인 것이다.
 결국 다스릴 것은 마음뿐이라는 이야기가 된다. 똑같은 공을 들이고도 더 많은 조명을 받을 수 있다는 점에서 득이 된다. 뿐만 아니라 세상 사람들의 사소한 친절도 한 몸에 받는다. 학창 시절 선생님의 편애로 아이들의 눈총을 받을 정도였으니. 다만, 시집갈 땐 조금 힘들겠지, 뭐 딱 그 정도의 생각이다. 그리움이야 짝사랑하는 남정네를 통해서도 얻을 수 있는 것이고, 외로움이야 딸 여섯에 아들 하나 있는 집 넷째딸도 갖고 있는 것이니 딱히 억울할 것도 없다. 그런 생각을 어렸을 적부터 연습해 온 나로서는 노란머리가 물어보는 것쯤 아무것도 아니다. 만일 그녀가 눈물을 질질 짜냈더라면 문답놀이는 거기서 그쳤겠지.

"넌 왜 단란에서 일해?"

"단란 뛰는 거야 이유가 한 가지밖에 더 있나? 돈을 많이 주니까. 너 주유소에서 보름 동안 일하는 거 난 하룻밤이면 끝나."

"근데 왜 이런 데 살아?"

"글쎄다. 나도 그게 궁금하네. 돈이 다 어디 갔지."

난 그녀의 돈이 어디로 가는지 알고 있다. 내가 버스를 타고 움직이는 거리를 택시 타고 움직이고, 내가 한 달에 한 번 사는 옷을 그녀는 이틀에 한 번꼴로 사들이니 그 돈이 남아 있을 턱이 없다. 게다가 하루가 멀다 하고 내 입으로 들어오는 치킨이며 김밥들의 값도 적지 않으니 내가 훈수를 둘 형편은 아니다.

"나 일 그만뒀어."

"왜?"

"미짜라고 나오지 말래."

"너 미성년자인 건 알고 있었잖아."

"몰라."

"그럼 이제 뭐 하게?"

"글쎄, 원조나 할까?"

미성년자라고는 하지만 그녀가 가게에 들어가기 위해서 들고 들어갔던 것은 제 언니의 주민등록등본이었다. 그러니 가게에서도 눈감아 주었던 것이다. 그런데 왜 이제 와서 그걸 핑계로 삼는 걸까. 끝내 그녀는 가게에서 쫓겨난 이유를 알지 못한 채 출근길을 돌린다. PC방을 들락거리기 시작하더니 방으로 돌아오지 않는 날이 늘어만 간다.

오랜만에 들어온 그녀는 어제 만난 손님에 대해 툴툴거린다. 관계만 갖고 돈을 주지 않고 달아났다며 치사하고 더러워서 못해 먹겠다는 소리를 연방 달고 술잔을 비운다.
"그럼 안 하면 되잖아."
"뭘?"
"그……그거."
"왜?"
"왜, 왜라니."
너무나 태연하게 되물어 말하는 내가 무언가 잘못된 말을 하고 있는 것인가 싶다.
"넌 원조가 나쁜 거라고 생각하니?"
"아……아니, 그렇다기보다는."
딱히 할 말을 찾지 못해 버벅거리는 동안 그녀가 응수한다.
"그놈들은 돈 있고, 나는 몸 있고. 그게 뭐가 나빠?"
이런 것도 상부상조라고 해야 하나 망설인다.
"근데 넌 어디 다녔어?"
"학교?"
"어."

"아……나는……."

압구정동에서 학교를 다녔다고 말하려다 망설이고 있다. 그들이 내게 보내는 시선이 곱지 않음을 알고 있는 탓이다. 압구정동에 산다는 것은 시골에 내려가 서울에 산다고 했을 때 보내는 신기한 눈빛과는 사뭇 다르다. 강남으로 학교를 보내야 한다는 어머니와, 돈은 있는 놈이 계속 가져가게 돼 있다는 아버지와, 강남에서 놀아야 좋은 남자를 꼬신다는 언니와, 강남 애들은 공부를 잘한다며 소리치는 선생님에 둘러싸여 있었던, 그리고 그곳에서 빠져나온 나를 이해할 수 없다는 눈초리로 쳐다보던 어떤 아이들이 떠올라 더욱 망설여진다. 망설임 끝에 학교 이름을 대자 처음 듣는다는 표정으로 쳐다본다.

"그게 어딘데?"

"압구정."

"좋은 데 사네."

결국 또 듣고 말았구나. 웃음으로 넘긴다.

명진 오빠.

주유소에 도착하자 새로운 얼굴이 나와 있다.

"주임님, 누구예요?"

"새로 온 앤데, 네가 일하는 것 좀 알려 줄래? 주유소 일은 처음이라더라."

내심 기분이 좋다. 약간 마른 체격에 초록색으로 물들인 머리, 귓불에 달랑거리는 링 귀걸이. 내가 좋아하는 남자의 모습은 아니지만, 분명 재미있는 아이일 것이라는 확신이 들게 하는 얼굴이다. 자근자근하면서 얼큰한 이야기가 쏟아질 것 같은 얇은 입술을 가졌다. 하지만 그 입술 사이로 쏟아졌던 이야기는 딱히 자근자근하거나 얼큰하지 못했다.

그 얼큰하지 못한 이야기를 풀어낼 수 있었던 것은 한 개비의 담배였다. 흡연이란 그 자체만으로 묘한 유대감을 형성한다. 남의 험담을 같이 한 사이가 급속히 친해지는 것 같은 이치일까. 담배를 나눠 피우는 미성년들이란 벌써 반쯤은 말을 트고 시작하는 것과 진배없다.

담배 연기 끝으로 나온 그의 이야기는 그랬다. 지방에서 돈을 벌기 위해 올라왔는데, 돈을 벌어야 하는 이유인즉 여자친구가 자신의 애를 가졌다는 것이었다. 아이를 낳고 기르는 돈을 서울에서 벌어 부치기로 했다면서 자신은 사실 열여덟 살인데, 취직을 하기 위해 형의 주민등록등본과 신분증을 들고 도망쳤다고도 말한다. 어떤 대답을 할지 몰라 망설이다 툭 튀어나온 말.

"내가 소장한테 일러 버리면 어쩌려고 그런 말까지 하는 거예요?"

말이 끝나자마자 어쩔 줄 몰라 하던 그의 표정이란. 두고두고 회자될 정도로 붉게 달아올랐다. 누가 봐도 놀랐다는 것을 알 수 있을 그 표정이란. 속는 줄도 모르고, 속일 줄도 모를 것 같은 사람. 별 의미 없는 괜한 장난인데 미안해진다. 제발 말하지 말아 달라며 거듭거듭 부탁한다. 어차피 말할 생각도 없으면서 글쎄, 하는 거 봐서요, 라며 장난친다.

올라온 지 이틀 되었는데 그 동안 24시간은 공중목욕탕에서 날을 지새우고 주유소에서 숙식이 된다 하여 들어왔단다. 가진 돈이 얼마 없어 집을 구하기는 무리인 것 같아 그리한다는데 주유소의 숙소란. 이틀지 모른다는 말에 얼굴이 붉어지는 남자가 들어가기에는 어울리지 않는 곳이라는 생각이 들어 내가 묵고 있는 고시원을 소개해 준다. 12만원이니, 가진 돈으로 한 달 치 방세를 낼 수 있다.

그의 서류는 스무 살이니 나처럼 다른 걱정도 없다. 문득 묘해지는 것이 그의 신분증엔 (정확히는 그의 것이 아니지만) 닮았다고 느껴지긴 하나, 같은 사람이라 생각되지 않는 형의 사진이 붙어 있는데 철석같이 믿는다. 어쩌면 아이들이 담배를 사 오는 것도, 술을 마시는 것도 같은 의미의 것이란 생각이 든다. 같은 의미의 협조. 담배 가게 아저씨들이나, 술집 아줌마들에게 우리가 스무 살로 보일 리 없다. 특히 나 같은 경우는 열여섯 살로도 보이지 않는데, 턱턱 내주는 것을 보면 암묵적인 그들의 동의가 서럽기까지 하다.

  내 딸이 술을 마신다면 다리몽둥이를 부러뜨려 놓겠다며 우리에게 술을 팔던 포장마차 아줌마의 말은 한동안 잊혀지지 않는다.

  명진 오빠는 무섭게 일한다. 하루에 18시간이나 되는 것을 힘들다는 소리 없이 잘도 해낸다. 지각을 하는 법도 없다. 순진한 데다, 성실하다. 그는 분명 작은 농담에도 얼굴이 붉어지고, 야한 농이라도 던질라치면 줄행랑을 놓을 정도다. 허나 이제 아빠가 될 사람이라고 하면 누구도 그를 순진하다 여기지 않을 것이라는 생각을 하니 어쩐지 오기가 생긴다. 그가 순진한 사람이라고 소리쳐 주고 싶다.

  명진 오빠는 309호였다. 여자들은 2층에, 그리고 남자들은 3층에 사는 통에 고시원 내에서 오빠를 자주 볼 일은 없다. 게다가 꼭 한 달을 채운 이후로는 월급을 더 많이 주는 어떤 공장으로 일자리를 옮겨 주유소에서도 볼 수 없다.

  그렇게 시작된 명진 오빠의 악착같은 돈 벌기는 실로 놀라울 정도다. 그나마 담배를 피우다 몇 번 마주친 바로는 하루에 12시간을 공장에서 일하는데, 그중 1시부터 2시인 점심시간 짬을 내 센터 바로 앞 분식집에서 배달을 하고 그렇게 9시에 퇴근을 하면

호프집에서 접시를 나른다. 퇴근하고 돌아오면 새벽 두 시, 삼십 분 동안 씻고 담배 한 대 피우고 나면 바로 잠든다. 그러다 8시 반경이면 오뚝이처럼 일어나 공장으로 향한다.

그러면서도 고향에 있을 적에는 아르바이트를 아무리 한다 해도 이렇게 큰돈은 못 만졌다면서 기껏해야 130만 원인 월급에 그저 흥이 난단다. 조금만 더 참으면 여자친구를 데려와 아이를 낳게 할 수 있다며 그저 웃는다.

그렇게 열심이고 보니 어째 심통이 나는 것은 내 쪽이다. 저 착한 남자가 이렇게 고생해 돈을 벌고 있는 줄, 저 아래쪽에서는 알기나 할는지 답답하다. 힘들다는 소리를 안 하는 하얗게 부르튼 입술을 보면 "근데 오빠가 이렇게 일하는 줄 알기나 하는 거야?"라고 소리치고 싶은 마음이 굴뚝같다.

205호 아줌마.

205호 아줌마는 요즘 입이 벌어져 다물어질 줄 모른다. 곧 답답한 고시원이 아니라, 좁아도 내 부엌 있고, 내 화장실 있는 단칸방으로 이사를 가게 될 것이라는 게 바로 입을 벌어지게 하는 주된 이유다.

고시원에서 3년이나 살아 베테랑 중의 베테랑이다. 방마다 누가 사는지, 왜 들어왔는지쯤은 훤히 알고 있다며 타인의 치부를 공유하고 있는 것이 유일한 자랑거리인 205호 아줌마에게 새로운 자랑거리가 생겼으니 바로 교도소에 있던 아들이 나와 퀵 서비스를 하면서 차근차근 모은 돈으로 보증금 400만 원에 월 5만 원인 방을 얻을 수 있게 되었다는 것이다.

그동안 타인의 비밀을 공유하고 있는 것에 대해서는 그리도 자랑을 해댔으면서 아들 이야기는 한 번도 않더니 보증금 400만 원짜리 월세방이 생기자 술술 입이 열린다.

"그놈의 망할 자식 언제 철드는가 싶더니, 이제 제 어미 호강시켜 준다고 요즘 어찌나 살갑게 구는지. 내가 이달 치 방세만 안 냈어도 당장 이사하는 건데, 어디 돈 아까워 그럴 수가 있어야지."

원래 뒤늦게 철든 자식이 호강시키는 법이라며 총무 아저씨도 연방 좋아한다. 그렇게 잘난 아들이면서 어머니 밥 한 끼 사 주지 왜 고시원 주방에서 혼자 밥 먹게 하느냐는 206호 아줌마의 타박을 들은 이후, 돈에는 평생 욕심 없고, 그저 계집이 전부인 줄 알았던 녀석이 철들어 돈 벌더니 돈 귀한 줄 알게 되었다는 말도 빠뜨리지 않는다. 아직 창창한데 벌써부터 좋은 음식 먹을 필요 있겠느냐는 것이 205호 아줌마의 주장이었으며, 그것은 제 어미 힘 없을 때 매일매일 보약을 달여 줄 돈 많은 자식이 되기 위한 밑거름이라는 이야기다.

그렇게 잘난 아들을 보게 된 것은 한 달이나 지나서다. 한 달이면 이사를 가고도 남을진대, 도무지 이사 갈 기미가 안 보여 내심 궁금했지만 아줌마 스스로 입을 열지 않으니 물어보기도 뭐하던 차에 아들이 고시원에 들른다. 다리에 깁스를 칭칭 동여매고는 목발을 짚고 총무 아저씨 없는 빈 사무실을 기웃거리는 것을 내가 발견한다.

"지금 아저씨 시사하러 가셨는데."

"아, 네. 저, 사람을 좀 만나러 왔는데, 오실 때까지 기다려야 되나요?"

"몇 혼데요?"

그가 이름을 대긴 했지만 내 또래 애들 이름이나 알고 지내지, 수많은 아줌마들 이름은 도무지 외울 재간이 없다. 게다가 방이 열댓 칸이나 되면 모를까 수십 칸이나 되는 방주인들을 어찌 다 알 수 있으랴.

"그러니까, 음. 키는 한 요 정도 되시고요. 좀 뚱뚱하신 편이고, 또…… 올해 마흔여덟이시거든요. 아, 저 앞 개성식당에서 일하시는데."

그제야 그가 205호 아줌마의 철든 아들이구나 싶다. 개과천선하고 금의환향까지는 아니더라도 멋들어지게 제 어미를 보필해 나갈 아들의 행색치고는 초라한 구석이 있어 개성식당 이야기가 나올 때까지는 눈치도 못 챘다.

미리 약속을 하고 왔는지 오늘따라 파운데이션도 짙게 바른

205호 아줌마가 걸어 나오며 놀란 입을 다물게 해 준다.

아줌마는 벌써 아들을 보았느냐며 늠름하지 않으냐고 자꾸 묻는다. 마른 편이라 사실 늠름하다는 인상을 풍기지는 않지만 그렇다고 맞장구친다. 그러면서 아들이 교통사고가 나 지금 일을 못하고 있다고, 당신을 위해 일하다가 다친 것이라 면목이 없다면서 아들이 저는 다쳤는데, 그 와중에도 당신의 건강이 염려스러워 고기 사 주러 왔다고 식전이면 같이 가자며 내 팔을 이끈다.

"아니에요. 전 먹었어요. 다녀오세요."

"아니야, 같이 가. 부모 없이 혼자 사는 게 그토록 기특할 수가 없었는데 내가 밥 한 끼 못 사 줘서 얼마나 미안했다고. 이 참에 걱정 하나 더는 거지."

결국 아줌마의 성화에 못 이겨 1층 고깃집으로 들어선다. 그간 실은 고시원에 들락거릴 때마다 지나치는 1층인데 돈이 없어 들어갈 수 없던 곳이다. 특히 일을 마치고 돌아오는 길, 콧속을 파고드는 고기 냄새가 뱃속까지 차 들어가 서러움으로 탈바꿈한 적이 하루 이틀이 아니다. 말이야 바른 말로, 성화에 못 이겼다기보다는 그 탈바꿈한 설움이 나로 하여금 따라나서게 한 것이 틀림없다.

삼겹살에 따라 드는 것은 단연코 소주다. 된장찌개에 소주 한

잔을 들이켠다. 어차피 나와서 사회생활 하는 마당에 술을 마시는 나이, 못 마시는 나이가 어디 있겠느냐는 것이 아줌마의 말씀이다. 그 말에 목이 메어 고기 한 점보다 몇 곱절은 고맙다. 경제적으로 독립하고, 심적으로 독립하면 그것이 어른이라며 나이 먹어도 부모 밑에 얹혀사는 것은 어른이라 할 수 없다고. 그런 말들은 곧잘 하면서 똑같이 독립했으나 나이만 어린 나는 어른처럼 돈 벌고 (액수로 말하자면 어른들의 평균 봉급보다 훨씬 아래일 것이 분명하지만) 어른처럼 고민하는 내게 담배를 피우거나 술을 마시는 것은 '어른 흉내'라 한다. 그것이 그토록 사무치던 차에 들려온 205호 아줌마의 말씀은 눈물이 쏙 빠지게 고마운 말일 수밖에.

빈 병이 하나 둘 늘어 가면서 이야기는 점점 깊어진다. 술이 아니라면 건드릴 수 없는 깊은 곳까지 들어간다.

205호 아줌마의 남편은 외국으로 돈 벌러 간다더니 그곳에서 마누라를 얻어 돌아오지 않은 지 십 년이 넘었고, 자랑스러운 아들은 폭주족이던 시절의 영화를 못 잊어 퀵 서비스를 하다 그때의 영화를 되살려 보려 속도를 올리던 차에 트럭과 맞부딪혀 팔다리가 부러졌다는 것이다. 그래도 트럭과 맞부딪힌 것치고는 그만하면 다행이라고, 원래 애가 쓸데없는 것에 관심이 많아 그렇지 심성이 착한 애라 하늘이 도와 주신 것이라며 눈시울을 붉

히신다.

폭주족 이야기가 나오고 보면, 나도 할 말이 없지는 않은 터라 금세 말이 빨라진다. 한창 신나게 춥던 겨울, 연기가 모락모락 피어나던 때에 머리를 감고 말리지도 않은 채 오토바이를 타고 압구정에서 미아리까지 달렸다. 내릴 때쯤 되자 머리가 바람에 날리던 모양 그대로 언 것이 꽤나 볼 만한 광경이었다. 그것도 중국집 배달원들의 수요가 가장 큰 CITY100이었으니 알 만한 사람들은 알 정도로 당최 폼이 나지 않는다. 게다가 내가 몬 것도 아니요, 뒤에 딱 붙어 왕복 8차선 대로를 달려댔으니. 참, 교복 차림에 치마를 입고 다리를 벌려 앉은 모양새도 빼먹어서는 안 된다.

오토바이는 속도가 올라가면 차체가 심하게 흔들리는 탓에 내릴 때쯤 되면 걷기가 힘들 정도로 허벅지가 얼얼하다. 그렇게 허벅지가 얼얼하고 종아리에 일명 '마후라빵'이 생길 정도까지 실컷 달리고 나면 그것이 그렇게 후련할 수가 없다.

이야기는 오토바이에서 만화로 넘어간다. 빠지지 않는 것이 '상남 2인조'다. 일본 소년 만화인데 폭주족인 남자 주인공들의 활약과 우정을 그린 만화다. 그 의리가 죽음을 불사하고, 싸움에 대한 재능이 어지간한 영화는 저리 가라 말도 안 되는 파워풀이니, 그 자체만으로 남자아이들은 쉽사리 빠져들고야 만다.

내가 아는 녀석은 그 만화가 인생의 교과서라도 되는 양 흉내 내기 일쑤였고, 그러다 결국은 만화 속 주인공이 자신을 칭하던 '악귀영길'이라는 글자를 제 팔에 새겨 넣었다. 그 만화 속의 주인공은 싸움과 친구에 관하여 무서울 정도로 열정적이며, 인생에 쿨하다.

돈 많은 남자가 가난하고 보잘것없는 여주인공을 만나 사랑에 빠지는 드라마를 보면서 박수까지 쳐대며 그녀의 인생이 제 인생인 양 즐거워하는 아줌마들과 '상남 2인조'를 보며 주인공의 인생이 제 인생인 양 거들먹거리는 사내아이들이 다를 바가 무엇인가, 싶기도 하지만 다르기는 다른지 내 집 마련이 인생의 목표인 205호 아줌마와 달리 페라리를 사는 것이 인생의 목표라는 아들은 마지막 남은 삼겹살 한 점을 두고 교차하는 오만가지 감정이 담긴 눈초리로 서로를 응시한다. 언젠가는 저들의 인생의 목표가 '내 집 마련'으로 일치를 보게 될지 모른다는 생각을 하니, 입속의 고기 한 점이 아련하게 넘어간다.

3개월, 나는 그 후로도 3개월을 더 그곳에 머물렀다. 어디 하나 고시 공부를 하는 사람은 없는 고시원에.

내가 그 고시원을 나오던 날 주방은 꽤나 소란스러웠다. 아들이 보증금으로 나갈 돈의 일부를 병원비로 써 버리고 아직껏 일을 못하고 있는 탓에, 미리 낸 방세 때문에 한 달을 채우고 나갈 것이라던 205호 아줌마가 그 뒤로도 몇 번의 방세를 더 내고 머물던 어느 오후다. 아들의 숙소에 갖다줄 김치며 밑반찬이 듬성듬성 비었다며 총무 아저씨에게 악을 써대고 있다.

"대체 관리를 어떻게 하기에 한두 번도 아니고 이런 일이 자꾸 생기는 거야. 월급 받고 일 안 하는 거야?"

"아줌마, 좀 진정하시고요. 저야 사무실에 있는데 여기서 반찬 한두 개 훔쳐 먹는 걸 어떻게 일일이 감시하고 있어요. 안 그래요? 그런 건 진작에 꼭꼭 싸 놓으셨어야죠."

도무지 끼어들 틈이 나지 않아 인사를 미루고 사무실로 가 열쇠를 올려놓는다. 안면이 있는 이들에게는 이미 말도 해 두었고, 아줌마의 전화번호까지 알고 있던 터라 나중에 연락해야겠다는 생각으로 집을 나올 때보다 몇 배는 무거워진 가방을 들고 성큼성큼 계단을 내려간다.

99년의 겨울이 지나고, 2000년으로 접어들었지만 여전히 바람이 차다.

2000년이 되었고, 열여섯 때 들어왔던 고려 고시원을 열일곱이 되어 나간다. 열일곱의 내가 고려 고시원 앞에서 택시를 잡고 있는 모습을, 열여섯의 나는 상상하지 못했던 것처럼 열여덟의 나는 어디에 서 있을지 성난 205호 아줌마를 뒤로한 채 사뭇 설렌다.

4장
라오넬라처럼

내 병원비, 너 가져

이른 봄인지, 늦은 겨울인지. 3월은 애매한 틈 속에 끼어 있다. 얼굴에 닿는 바람이 차 겨울인가 하면 '3월'이라는 글씨에 봄인가 한다. 봄은 '만물이 소생하는 계절'이라 표현하시던 까막눈 엄마를 떠올린다. 한 줄 글을 읽으려면 남들이 한 장을 읽을 때까지 기다려야 하고, 한 줄 글을 적으려면 틀리는 글자가 맞는 글자보다 많았던 우리 엄마가 그런 표현을 해내기 위해 침침한 눈으로 얼마나 글자와 씨름을 했을까.

복작거리는 거리에 서서 '만물이 소생하는 계절'이라는 표현이 그토록 서러워 눈물을 참지 않는다. 눈물이 볼을 타고 흐르는 길에 바람이 불어 살이 에인다. 숨도 쉬기 어려울 정도로 꺽꺽 울어 버린다. 사실 서러운 것은 엄마가 아니었다. '만물이 소생하는 계절'이란 결국 눈물을 정화시키는 도구였을 뿐이다. 환부는 다른 데 있었으나 어차피 같은 동통. 정화시킨 환부로 동통을 느낀다.

"그 동안 수고 많았어. 몸조리 잘하고."
 세 개나 하던 아르바이트를 모두 그만둔다. 그 동안 모았던 돈을 한꺼번에 담은 봉투를 가방 깊숙한 곳에 넣는다. 밤 열한 시 반부터 오전 일곱 시 반까지 만화방 아르바이트, 곧바로 주유소로 가서 오후 세 시까지, 그러고는 씻기도 하고 쉬기도 하다 여섯 시에 식당 아르바이트. 그것을 열한 시에 마치곤 꾸벅꾸벅 졸면서 만화방 아르바이트를 시작했다. 열일곱의 나는 열한 시 반에 만화방 아르바이트는커녕, 만화방에 들어갈 수도 없다. 친구 아버지의 후한 선심으로 겨우 일할 수 있게 되었으니 어떻게든 놓쳐서는 안 되겠다고 단단히 벼르던 아르바이트였지만, 원래의 목적이 그만두는 것이었으니.

 석 달 전 찾은 병원에서는 입원을 권한다. 하지만 의료보험이 없으니 병원비는 몇 배나 들겠지. 차라리 이모한테 의료보험증을 달라고 할까. 그랬다가 다시 집으로 들어가게 되지 않을까. 어쩌지, 어쩌지. 은주 의료보험증을 빌리면 안 될까. 하지만 한 번 가는 것도 아니고 입원인데. 의료보험증을 빌리는 것은 범법 행위이면서도 죄책감이 느껴지지는 않는다. 행여 탄로 나지 않을까에 대한 두려움이 있을 뿐, 내 탓에 의료보험료를 더 내야 하는 어떤 사람들이 있거나, 말거나.

내 말 한마디에 상처받은 얼굴을 직접 보는 것이 아니고서는 법을 지키지 않는 행동이라 해도 죄책감이 느껴지지 않으며, 그 말 한마디가 위법 행위가 아니라고 한들 누군가 내 말에 상처받으면 죄책감을 느낀다는 것은 한편의 아이러니.

죄책감에 대해 골똘히 생각하다 언니의 얼굴을 떠올린다. 집을 나온 지 얼마 되지 않던 때, 서울역에서 언니를 만났다. 나를 보며 놀라던 얼굴, 마치 내가 어젯밤 하루 집에 들어오지 않은 것처럼 궁금해 하던 언니의 얼굴을 떠올린다. 이모의 딸, M언니는 그저 착한 사람이다. 태어나 육두문자 들어간 어떤 말 한마디 입에 담아 본 적이 없는 얼굴로 웃는다.

"왜 집에 안 들어왔니. 언니랑 가자."

그 웃음에 대한 내 답은 표독스러운 눈빛이다. 꼬리를 밟힌 고양이의 눈빛, 나는 꼬리를 밟힌 고양이의 눈빛을 실제로 본 일이 없지만 어쨌든 내가 언니를 향해 뿜은 기세는 꼭 그러하다. 꼬리를 밟힌 고양이.

"안 가. 안 들어간다고. 왜 그래."

"연주야. 언니랑 같이 가자."

그런 언니를 두고 빠른 걸음으로 걷는다. 나를 잡으려는 팔을 뿌리친다.

"이러지 마."

이모의 가족 중 내가 가장 강하게 대하곤 했던 언니, 그러나 내가 가장 약해질 수밖에 없던 언니. 황급히 택시에 오른다. 어떻게든 나를 잡겠다고 안간힘을 쓰는 언니를 확 밀쳐 내고 택시에 오른다. 택시 창 너머 멍한 눈빛으로 나를 바라보는 그 눈빛을 어찌 잊으랴. 그 죄책감을 어찌 두고 갈 수 있으랴.

언니의 몸을 상하게 한 것도 아니고, 단순히 밀쳤다는 것만으로는 어떤 위법 행위도 한 것이 아니다. 그러나 죄책감은 그 아련한 얼굴에 우수를 더한다. 결국 병원비를 모으는 것밖에 다른 방도는 없겠구나.

석 달간, 다리를 곧게 펴고 잠들어 본 적이 없다. 세제에 대한 알레르기로 손을 벅벅 긁어대면서도 쉬지 않는다. 백을 채울 법한 컵을 닦고, 수십 장의 접시를 나른다. 세차장에서 노래를 부르며 잠을 쫓고, 제 얼굴을 때려 가며 피로를 달랜다.

유독 아끼지 않는 것이 있다면 병원비다. 의사의 말대로 적당한 수면과 적당한 운동과 규칙적인 식사에 금연, 금주를 꼭 그대로 지키는 것도 아니면서. 애초에 그것을 지킬 마음 따윈 없으면서 담배를 한 대 피우고 병원을 간다. 지키지도 않을 그 말을 똑

같이 들으며 약봉지를 받기 위해 병원을 간다.

  5학년이었던가. 가슴앓이를 하다 병원에 갔던 날. 병원에서는 뭐라 일렀는지 알 수 없지만, 링거를 맞고 집으로 온 그날. 나는 호되게 맞았다. 꾀병이라 했다. 명치끝이 먹먹하고 누워 버릴 만큼 가슴이 아팠는데, 의사는 꾀병이라 했던가 보다. 몇 만원의 병원비를 내게 된 이모는 옷걸이를 곧게 펴 시퍼런 멍 자국을 남겼다. 그것이 그리 서러워, 내 아픔에 동조해 주는 이 없이 조금이라도 아플라치면 병원에는 꼭 가겠다고. 이를 벅벅 갈았다. 그 서러움으로 일한다.

  '병원에 꼭 가야겠다, 입원을 해야겠다.'

  어리석은 서러움으로 이를 악문다.

  '병원에 갈 거야.'

  병원의 주체는 통증에서 서러움으로 근간이 흔들린다. 근간이 흔들렸던 탓일까. 석 달간 세 개의 아르바이트를 하며 쉬지 않고 모은 돈을 가방 깊은 곳에 넣어 두었다가 다시는 꺼낼 수 없게 된다. 어처구니없게도.

  은정이는 갈 곳 없던 때에 만난 친구다. 내게 곧잘 밥을 사 주던 녀석. 내게 곧잘 담배를 사다 주던 녀석. 지저분하게 염색된 머리카락을 자랑스럽다는 듯 내보이던 녀석. 과자 한 봉지가 생겨도 배고픈 그때 꼭 반을 나누던 녀석. 석 달간 꼬박 모은 내 월급봉투를 통째로 가지고 달아난 녀석.

 사람들이 힐끔힐끔 나를 살핀다. 신호등 앞에 선 채 몇 번이나 신호가 바뀌었던가. 몇 번이나 신호가 바뀌도록 나는, 건너지 않는다. 무아지경의 눈물을 뚝뚝 떨구는데도 사람들의 시선이 머릿속에 꽂힌다. 돈 잃은 것으로 눈물을 흘린다는 것이 창피해서, 어차피 내 눈물의 이유를 누구도 알지 못할 것인데 그럼에도 그것은 애써 엄마에 대한 그리움이라 돌리며 꺽꺽, 꺼억, 꺼억.
 내 눈물의 이유를 알게 된 은주랑 선경이는 난리에 난리다. 어떻게든 그년을 잡아야 한다고. 마음이 가라앉는다. 슬픔이 항문을 비집고 나간다. 그럴 줄 알았다며, 어쩐지 마음에 들지 않았다며, 소리를 지른다. 화를 낸다. 담배를 꺼내 문다. 은주와 선경이의 그 화가 어색할 지경이다. '왜, 저렇게 화를 내지. 내 일인데, 너네들 일이 아니야. 이건 내 일이고, 내 월급봉투야'라고 말하지 않으면서 그들을 본다. 그들의 화에 내 설움이 수면 밑으로 가라앉는다.

 은정이에게 이메일을 보내기로 마음먹는다. 아주, 긴 글을 적는다. 돌아와 달라고 하지 않는다. 내 돈을 갖고 돌아와 달라고 애원하지 않는다. 내가 애원을 한다고 돌아올 것이면, 애원하지 않아도 그녀는 돌아올 것이다. 내가 애원을 한다고 돌아올 돈이 아님을 알기에 애원하지 않기로 한다. 차분하게 삼 초를 세고, 천천히 적어 내린다. 나의 가치는 그 돈보다 훨씬 크단다. 네가 앞으로 나와 오랜 친구가 된다면 그 돈보다 더 많은 가치를 얻을 수 있었을 텐데. 내가 화가 나는 것은 네가 내 돈을 가져갔다는 사실이 아니라 네가 판단한 나의 가치가 고작 그 정도밖에 되지 않는다는 데서 기인한단다. 애써, 멋있는 척한다. 솔직하지 못하다. 애원하고 싶다. 눈앞에 있다면 매달려 울고 싶다. 나보다 키가 큰 아이, 나보다 20센티미터는 큰 그 아이의 발목을 붙잡고 무릎이라도 꿇고 싶다. 제발 돌려 달라고 애원하고 싶다. 하지만 그렇게 적지 않는다.

은주는 내게 말하곤 했다. 언니는 항상 머리를 쓰지만 언제나 머리를 쓰지 않은 것보다 더 못한 결과를 낳는다고. 머리를 써서 이메일을 보낸다. 그녀를 원망하지 않아야 그녀가 돌아오기 쉽다. 그녀가 돌아올 길을 뚫어 놓고 아무렇지 않은 체해야 그녀가 돌아오기 쉽다는 생각으로 글을 적지만 애원하고 싶다.

은정이를 다시 만난 것은 그로부터 석 달이나 흐른 뒤다. 석 달 만에 만난 은정이는 내가 석 달 동안 모은 돈을 한 푼도 갖고 있지 않다. 그녀의 머리카락은 여전히 싸구려 미용실에서 탈색이 제대로 되지 않은 듯한, 구석구석 빛에 번쩍거리는, 고른 구석이라고는 없는 싸구려 갈색 머리. 검은 머리카락도 손가락 두

세 마디쯤 자라 염색을 다시 해야지 싶다. 어처구니없게도 그녀를 만나자마자 든 생각이 그랬다. 염색, 다시 해야겠네. 내 돈은 어디 있느냐고, 네가 어떻게 나에게 이럴 수 있느냐고 하지 않는다. 그녀의 얼굴을 보자, 염색을 다시 해야겠다고, 적어도 5만 원은 줘야 하는 미용실에 가서 다시 해야겠다고 생각한다.

"밥은 먹었어? 밥이나 먹으러 가자."

처음부터 돈 이야기를 꺼내면 이대로 노망쳐 버릴시도 몰라. 조금만 더 있다가 말을 꺼내야지, 조금만 더 있다가 말을 꺼내야지 하며 밥을 시키고, 밥을 먹고, 계산을 한다. 그녀에게는 이미 내 돈 따윈 남아 있지 않아. 밥값을 계산하며 문득 그녀의 삶이 싸구려 미용실의 실력 없는 미용사의 염색만 같아 안타깝다.

'염색, 다시 해야겠는데.'

그녀가 가져간 내 돈이 그녀의 주머니에 남아 있지 않듯이 내가 훔친 돈들이 내 주머니에 남아 있지 않다. 열일곱의 나보다 어린 나는 다른 사람의 주머니에 손을 넣곤 했다. 내가 병원을 가야 하듯 그들도 밥을 사 먹어야 하고, 그들도 병원을 가야 할 텐데. 그 주머니에 손을 넣었다. 그네들에게 용서를 비는 마음으로 그녀를 돌려보낸다. 다음에 꼭 다시 만나자는 말도 잊지 않는다.

그녀의 얼굴을 오래오래 두고 보기로 한다. 그녀의 얼굴을 볼 때마다 내 잘못의 대가를 치르자고 결심한다.

아니다. 그녀의 잘못은 그녀의 잘못이고, 내 잘못은 지난 것이며, 그녀가 가져간 돈은 내가 다른 이의 주머니에서 훔쳐 낸 돈보다 훨씬 크지 않은가. 그러니 그녀가 나쁘다. 내 돈을 돌려줘야 한다. 얼굴이 돌아선다. 머리에 달린 마음과 가슴에 달린 마음이 투닥거린다. 애써 누르기로 한다. 내 잘못이다. 원망하며 사는 것보다 미안해 하며 사는 것이 훨씬 쉽다.

"잘 들어가. 다음에 또 보자. 무슨 일 있으면 연락하고."

악으로 버티기

원고를 적다 말고 블로그를 연다. 내가 블로그에 올려놓았던 일기들을 보고 내게 원고를 제의했던 것이었으니 블로그와 원고는 뗄레야 뗄 수가 없다. 그들은 내게서 무엇을 보았던 것일까. 가만히 블로그를 들여다본다. 하지만 당최 알 수 없어 한숨을 내쉰다. 어떤 이야기를 해야 할지 내내 망설인다.

라오넬라님으로 시작하는 누군가의 인사. 그러다 내 아이디를 가만히 들여다본다. 라오넬라. 라온과 렐라를 붙여 만든.

여덟 살의 내가 사전 찾는 법을 배우다. 선생님이 하는 모양새를 보며 요리조리 따라 한다. 수업을 마치고 손바닥의 열 배는 넘을 듯한 사전을 가만히 바라본다. 어떤 단어를 찾아볼까 설렌다. 쉬는 시간, 아이들의 떠드는 소리도 귀에 들어오지 않는다. 그러다 '라온'을 떠올린다. 며칠 전 선생님이 보던 책에 적혀 있던 단어. 무슨 뜻인지 모르지만 발음이 좋아 몇 시간이고 중얼거리던 그 단어. 리을. 아. 오. 니은. 니은을 발음하자 입꼬리가 기분 좋게 올라간다. 예쁜 모양새. 옛말. 즐거운. 옛말이 무엇인지 몰라 한참이나 고개를 갸우뚱한다.

열 살의 내가 처음으로 동화책을 읽는다. 선데이 서울과 갖은 할리퀸 소설들로 즐비하던 내 손아귀에 동화책이 쥐어진다. 신데렐라. 뭉툭하게 틀어 올린 노란 머리. 콩알 같은 파란 눈. 어느 날 나타난 왕자님. 신데렐라는 부엌데기에서 공주가 된다. 열 살의 내가 그런다.

'나도 언젠간 변할 거야.'

열여덟 살의 내가 멍하니 천장을 바라본다. 학원을 가고 싶지만 학원비를 댈 여유가 없다. 귓가가 뜨겁다. 눈물은 귓가에 흐르도록 식지 않는다. 여덟 살의 나를 떠올리며 중얼거린다. 라온, 라온, 라온. 내 귓가로는 라이온, 라이온, 라이온. 우렁찬 라이온의 소리침을 듣는다. 눈을 크게 뜬다. 더 이상 눈물이 귓가를 적시지 않도록.

'언젠가 이런 이야기를 쓸 거야. 열여덟의 내가 얼마나 시렸는지, 그런 이야기를 쓸 거야. 그러니까 지금은 괜찮아.'

눈을 감는다. 눈을 감고는, 눈을 뜨고 나면 굉장한 글을 쓰는 사람이 되어 있는 꿈을 꾼다. 어느 날, 갑자기 공주가 되어 버린 부엌데기처럼.

기름을 넣으며, 음식을 나르며 신데렐라를 꿈꾼다. 그러나 삶은 그와 같지 않아 언제고 그런 일은 일어나지 않는다. 그렇기 때문에 아직도 꿈꾼다. 열일곱의 내게 그 어느 십칠 년보다 낯설던 그곳으로 떠나던 그때에도.

2001년 런던. 나는 세 번째로 열일곱 살이 된다. 84년 1월생이라 일곱 살에 학교에 들어가던 나. 고1 적엔 열여섯 살이면서도 열일곱 살이라 말하고 다닌다. 정작 열일곱 살이 되니 더 이상 학교를 다니지 않아 별다른 수 없이 열일곱 살이라 말한다. 그리고 열여덟의 나, 영국에 도착하니 지구 반 바퀴를 돌아 열일곱이 되어 버린다.

열일곱 내가 히드로 공항에 도착하자마자 가장 먼저 한 것은 영화를 찍는 일이었다. 나를 '공항 히드로'라는 제목의 영화 주인공으로 만든다. 양팔을 뻗고 눈을 지그시 내려 감는다. 지나가던 사람들이 힐끔거린다. 그들을 향해 소리 질러 주고 싶은 것을 가까스로 참는다. 여러분, 여기 보세요. 내가 영국에 왔다고요! 뉴욕의 뒷골목 어느 소년, 구두를 닦아 모은 돈으로 브로드웨이를 간다. 낡아 빠진 빵모자를 눌러쓰고 브로드웨이 앞에서 팔을 뻗는다. 금세라도 부서질 것처럼 낡은 셔츠의 깃이 바람에 흔들린다. 그 소년을 두고 카메라가 빙글빙글 돈다. 광장, 팔을 뻗은 소년에서 점점 광장이 줄어들고 소년이 커진다. 이윽고 소년의 단단한 눈빛이 카메라를 가득 채운다. 그렇게 꼭 1초가 지나고 팔을 내린다. '영화 히드로'의 끝. 노란머리 흰머리 갈색머리 가득한 뒤통수들 사이에서 영화의 막이 내린다.

그리고는 성큼성큼 걸어가 머핀 하나와 커피 한 잔을 산다. 영화 속 외국 공항을 떠올리자 따라 든 것이 머핀 하나와 커피 한 잔. 파운드. 영국 돈을 어떻게 부르는지는 알지만 돈을 꺼내 드니 아무리 봐도 어릴 적 부루마블 속 장난감 돈 같아 이걸 내면 정말 저 커피를 살 수 있을까 미심쩍다. 가방 속에 있는 검은 주머니. 여권과 지갑을 담아 놓은. 네모난 주머니에 지퍼 하나 달린 것은 작은이모가 영국 가기 전 허리춤에 차라며 만들어 주신 것이다. 누가 허리춤에 이런 걸 차고 있어요. 촌스럽게, 라고 굳이 말하지 않는다. 다만 비행기에 오르자마자 내가 가장 먼저 한 일은 허리춤에 있던 주머니를 꺼내 가방에 넣는 일이었다. 얼마나 겉돌았다고 어느새 검은 주머니가 어색하다. '집'에서 이런 것을 챙겨 주다니. 지갑을 꺼내 메뉴판의 숫자와 들고 있는 돈의 수를 더해 본다. 10파운드짜리 지폐를 꺼내 건넨다. 2.76. 커피를 2.76원에 살 수 있다는 거야, 라는 생각이 들다 외국이구나, 한다. 열여덟, 아무도 아는 사람이 없는 영국의 히드로 공항, 누구도 눈길 주지 않는 작은 의자에 앉아 커피를 홀짝거린다. 영국의 커피는 곱절이나 쓰다. 게다가 양은 또 어찌나 많은지. 손바닥만 한 자판기의 커피, 그 단맛을 떠올리지만 맛은 생각처럼 바뀌어 주지 않는다. 결국 채 마시지 못한 커피를 살며시 의자 옆에 내려 둔다. 폭신폭신하지만 등받이가 없는 의자. 도저히 커피를 마실 수 없다는 것을 알자 침울해진 마음으로, 그제야 출국장으로 되돌아가 내 이름을 찾는다. 유학원 사람이 데리러 나올 것이라고 했던. 하지만 아무리 둘러봐도 내 이름이 없다. 고연주건 Yeon-joo Ko건.

내 부푼 기대감과는 상관없이 영국은 내게 호락호락하지 않다.

공중전화 비슷하게 생긴 것을 잡는다. 평소에는 경쾌하던 동전 들어가는 소리가 뭉툭하다. 001-44-20-833612XX. 종이에 적힌 전화번호를 보며 그대로 누른다. 아, 001은 아니었지. 44-20-833612XX. 아, 44는 국가번호랬지. 자꾸만 전화번호를 잘못 누른다. 20-833612XX. 이번에는 분명 맞다. 어느 여자가 전화를 받는다. 그녀의 말이 너무 빨라 도무지 알아들을 수가 없다. 그 여자, 혼자 떠들더니 툭 전화를 끊어 버린다. 공중전화의 동전은 그대로다. 혹시 우리나라와는 전화를 거는 방법이 다른 것일까. 사용법이 적힌 스티커의 그림을 뚫어져라 살피면서 조심스럽게 따라 해 본다. 하지만 그 여자는 내 전화를 또 받더니, 제 멋대로 떠들곤 끊어 버린다. 한참을 공중전화 앞에서 쩔쩔맸더니 갈색 머리, 머리카락보다 진한 얼굴색을 한 여자가 뒤에서 기다리다 나를 보며 빙긋 웃는다.

"No…… This telephone…… no……."

단 세 단어에 그녀의 대답은 길다.

"So…… sorry……. I don't speak English……."

내가 들고 있던 종이를 힐끔 보더니 달라고 한다. 갑자기 여섯 살 어린아이가 되어 버린 기분. 땡큐를 연발하며 종이를 건넨다. 그 여자, 주머니에서 돈을 찾아 넣는다. 그러고는 종이에 적힌 번호대로 숫자를 누른다. 저편에서 누군가 받았는지 헬로, 한다. 내게 수화기를 건네고는 또 뭐라 하지만 여전히 나는 눈을 뻐끔거린다. 주머니를 뒤진다. 자기 돈으로 전화를 걸어 준 건가. 일단 수화기를 건네받아 통화를 하곤 머리카락보다 진한 얼굴색의 그녀를 찾지만 모든 흑인이 그녀만 같아 도무지 그녀를 찾아낼 엄두가 나지 않는다.

나는 다시 낡은 의자로 돌아가 발바닥을 탕탕 바닥에 부딪혀 가며 사람 구경을 한다. 비행기 도착 시간을 잘못 알려 줘 한 시간 후에 도착할 것이라는 말을 듣고는 한숨을 쉰다.

빨간 머리 앤이 살고 있을 것 같은 꼭대기 방. 싸늘한 침대가 하나, 삐걱거리는 책상이 하나, 흑백텔레비전이 하나. 세모난 천장은 구석진 곳에서는 허리를 펼 수 없다. 창을 열자 빨간 머리 앤이 살고 있을 것 같은 지붕들이 곳곳에 눈에 띈다. 그제야 새우깡 가루가 잔뜩 묻어 있는 디스를 끄집어낸다. 아이들이 이모가 알면 혼이 날지도 모른다며 한 보루를 모두 뜯어 새우깡 봉지 안에 넣어 주었던 담배. 겉 비닐 포장에만 가루가 묻어 있는 것인데도 담배를 무니 고소한 새우깡이 입 안으로 들어온다. 설핏 웃는다. 열이 넘는 아이들이 우르르 편의점에 들어가 새우깡을 사고, 그것을 뜯어 담배를 집어넣는 광경을 보고 그 편의점 직원은 뭐라 생각했을까.

열 시간이 넘는 비행, 집까지 데려다 준 이는 잠을 청하는 것이 좋지 않겠느냐 하지만 도무지 잠이 오지 않는다. 결국 바로 어학원을 가 보기로 한다. 2층 버스. 2층의 난간 앞에 앉아 수시로 바닥을 내려다본다. 하늘에 떠 있어, 내가. 이러다 2층만 똑, 떨어지면 어쩐다지. 도착한 곳에는 한국 사람들이 많다. 값싼 학원이라 갈색 머리보다 검은색 머리가 더 많은 듯도 하다.

어학원을 등록하자마자 뉴멀든으로 향한다.
"버스를 타고 쭉 가다 보면 한국 사람들이 많이 보이기 시작할 거예요. 한국어로 된 간판이 한두 개씩 눈에 띌 때쯤 내리면 거기가 뉴멀든이에요."

　버스 2층에 앉아 햇살을 곧바로 받는다. 8월의 따뜻한 햇살이 얼굴에 부딪히며 따뜻해진다. 어느새 나른해진 나는 그대로 잠이 든다. 눈을 떠 보니, 온통 영어 천지의 간판들. 열여덟의 나는 도무지 어떻게 해야 할지 몰라 버스가 가는 대로 가만히 둘러보다 내린다. 길을 건너 버스를 타면 어떻게든 다시 돌아갈 수 있겠지. 내려서 길을 건너지만 버스 표지판에는 내가 내린 버스의 번호가 적혀 있지 않다. 결국 뉴멀든이라 적힌 쪽지를 오는 버스마다 보여 준다. 그중 하나를 다시 탄다. 그러고는 똑바로 응시한다. 졸음이 쏟아질 때마다 얼굴을 짝짝 쳐 가며.

　영국의 작은 한인촌, 뉴멀든에서 얻어 온 한인 신문. 구인란을 샅샅이 훑는다. 300파운드 중에서 200파운드로 방세를 내니 남은 돈은 100파운드. 수업할 교재를 사고 나니 남는 돈이 80파운드. 한 끼 식사가 4파운드. 하루 버스비가 4파운드20펜스. 방에 달 열쇠가 2파운드. 한국에서 가져온 노트북을 꽂을 콘센트를 사니 3파운드. 하루 동안 늘어지게 잠을 잘 틈도 내겐 없다. 모든 한인 식당 전화번호를 옮겨 적는다. 그렇게 모든 가게에 전화를 거니 금세 20파운드라는 돈을 쓴다. 하지만 어디서고 열여덟이라는 나이는 너무 어리다, 는 소리뿐이다.

"한국에서도 식당에서 일을 했었어요, 잘할 수 있어요. 영어는 아직 도착한 지 얼마 안 돼서… 하지만 금세 배울 거예요. 정말 열심히 할 거거든요."

그렇게 말해 보지만 열일곱으로 나이가 줄어 버린 탓일까, 영국에서 나를 책임지는 일은 쉽지가 않다.

결국 맥도닐드로 들어간다. 맥도널드 할아버지와는 달리 깡마르고 뾰족하게 생긴 그가 내게 이름을 묻는다. 나이를 묻는다. 어느 나라 사람이냐 묻는다. 어디에 사느냐 묻는다. 거기까지 대답한 나는 할 말을 잃는다.

"Sorry, I can't speak English well. But, I can everything."

뭐든지 다 할 수 있다는 열일곱의 여자아이. 모든 것을 다 할 수 있다는 주제에 영어를 못한다. 그런 내가 귀엽다는 듯 그는 사람 좋은 웃음을 지어 보이지만, 귀여운 것으로는 햄버거를 만들 수 없다.

어플리케이션 폼을 서른 군데쯤 넣었을 때, 열군데째 면접을 본다. 이제는 한국이 어떤 나라냐고 묻는 질문에도 대답할 수 있다. 영국을 어떻게 오게 되었느냐는 말에도 답한다. 그들의 발음을 외웠다가 집에 오면 묻는다.

"대충 이렇게 말한 것 같은데, 이게 무슨 뜻이에요?"

같은 집에 사는 한국 언니가 알려 주는 답대로 그 다음날 또 면접을 가 답한다. 싱글싱글 웃는 그들의 이빨은, 그럼에도 굳게 닫혀 있다. 없는 돈으로 전화카드를 산다. 5파운드나 하는 국제 전화카드. 밥을 굶고 전화를 건다. 친구들의 목소리로 배를 달랜다. 배를 곯는 것이 우는 것보다는 낫겠다, 배가 외로운 것이 마음이 외로운 것보다는 낫겠다, 라며.

"넌 대체 영국에 왜 온 거니?"

인터넷으로 알게 된 고등학교 선배가 묻는다. 난 한참이나 대답하지 못한다. 이곳에는 구질구질한 떡볶이가 아니라, 희망이 있는 줄 알았어요. 라는 말, 차마 하지 못하고 그저 웃는다. 왜 하필 영국이었느냐는 말에도 답하지 못한다. 스코틀랜드가 영국인 줄 상상도 못했다고, 어떻게 한 나라가 올림픽에는 따로 나오느냐고, 누구든지 들으면 웃던 그 이야기를 대신 한다. 영국에 도착한 지 일주일이 되어서야 나는 스코틀랜드가 영국이라는 것을 깨닫는다.

학원이 끝나고 우르르 몰려 나가는 아이들 속에서, 외따로 걷는다. 나를 본다면 같이 놀자고 할 테니. 열여덟의 나, 열셋의 나와는 다른 이유로 또다시 외따로 잠든 체한다. 잠든 체 대신, 배고프지 않은 체. 이런 일이 있을 것이라고는 생각도 한 적 없었다. 이모에게 전화를 건다. 더 이상 전화카드도 살 수 없을 때쯤. 영국 유학비를 원조 받으며 공항서 손을 흔들 땐 그런다. 다시는 무슨 일이 있어도 이런 치욕스러운 일은 없어야만 한다고.

그런지 꼭 한 달도 안 되어 다시 전화를 건다.

"도저히 일자리를 구할 수가 없어요. 다음달 방세도 낼 수 없답니다. 조금만 버틸 수 있도록 도와 주세요."

왜 일자리 구할 생각을 않느냐는 타박을 받고 사흘쯤 지났을까, 옆방 언니의 계좌로 돈이 송금된다. 고마움에 돈을 꼭 쥐고 있는데 유학원 언니가 놀러 온다. 언니의 입에서, 사실 그 돈은 쉬이 일자리를 구할 수 있을 것이라 했던 유학원 원장님의 돈임을 듣는다. 일자리를 구할 수 있다더니 어찌된 것이냐 따져 물으신 모양이었다.

그날 밤, 이모에게 전화를 건다. 수신자 부담 전화 교환원은 이모가 없다라고 했다고 한다. 이모가 없더라도, 그 집에 있는 사람들은 한솥밥을 육 년이나 먹은 친척들.

은주에게 전화를 건다. 수신자 부담이었던 전화, 은주네 어머니께서 은주를 바꿔 주신다.

빵을 먹고 지낸 지 한 달이 넘는다. 이제는 가만히 있어도 속이 뒤집힐 정도로 따뜻한 밥 한 공기와 김치가 간절하다. 중국에서 만들어진 수출용 라면은 한국에서 먹는 것과 다른 맛으로 내 속을 더욱 뒤집어 놓는다. 한인 수퍼에서 쌀과 김치를 살 수도 있지만 일요일 오후 테스코에서 막판 세일 때 사는 몇 십 펜스짜리 식빵의 양이 훨씬 많다. 엄두가 나지 않는다. 요리조리 따져 보다 고추장 작은 것 한 통을 산다. 못 견디겠다 싶을 때쯤 고추장을 한 숟가락씩 퍼 먹는다. 혀끝으로 야금야금. 달짝지근하면서도 매콤한 고추장의 기운이 입 안에 퍼지면서 행복한 것도 잠시. 일자리는 아직도 구하지 못했다.

열여덟 해를 살면서 일자리를 구하는 데 하루를 넘겨 본 적도 없다. 서글서글한 눈매, 조리 있는 말솜씨, 게다가 부모가 없다니. 지구 반 바퀴를 돌아온 영국에서는 멍청해 보이는 얼굴, 더듬거리는 말, 더 이상 보여 줄 것이 없다. 하루 종일 엎드려 수다를 떨 수 있던 한국의 방바닥을 떠올린다. 떡볶이만 먹으며 살던 그곳이 지금보다 어찌 못하랴 싶어 구질구질한 그 방바닥을 그토록 떠나고 싶어 했던 나를 책망한다. 심심한 것인가 싶은데, 외로운 것이다. 외로운가 싶더니 금세 자괴감으로 바뀐다. 영국의 해는 언제든지 회색이다.

다른 친구에게 전화를 걸었다가 나를 보낸 지 한 달이 넘었는데도 울고 있다는 은주 이야기를 듣는다.

'네가 울면 어쩌니. 나는 혼자 떠나왔지만 아직도 친구들이 곁에 고스란히 있는 네가 울어 버리면, 나는 어쩌니.'
 집에 돌아와 그때까지 남아 있던 노트북을 본다. 한국에 가야겠다고 마음먹는다.

 노트북을 팔아 경비를 마련해 한국에 온다. 노트북을 팔아 봤자 편도 비행기 값에 얼마를 더한 것뿐이다. 부르주아 유학생이라던 친구가 낙오자로 한국에 왔다는 생각을 누군가 하고 있을 것 같아 한국에 있는 내내 마음이 편치 못하다. 일자리를 구해 일단 비행기 값을 모으자. 그리고 한 달이라도 더 버틸 수 있는 돈을 마련해 가자. 노트북을 팔지 않고 그 돈으로 영국에서 버텼더라면 쓸데없는 시간을 낭비하지 않았을 수도 있다는 생각을 그제야 한다. 왜 가려고 하느냐고, 그 돈으로 조금이라도 더 버티라고 했던 동훈 오빠의 목소리도, 그제야 떠오른다. 은주가 울더라는 말에, 내 대신 울어 주는 것 같아 울컥하던 때, 앞뒤 잴 것 없이 한국으로 돌아와 버렸던 나를 책망하고 책망한다.
 '꼭 한 달 만에 다시 영국으로 돌아간다. 다시는 실패하지 않을 거야.'
 하지만 내가 각오를 했든 말든 영국은 여전히 내게 비호의적이다. 다혜 언니에게 얼마의 방세를 주고 얼마간만 있기로 한다. 그 얼마간은 점점 길어진다. 각오 안에서는, 이제는 정말 잘 구할 수 있을 것 같던 일자리도 여전히 내 안에서는 미로투성이다. 또다시 어플리케이션 폼을 쓴다.

다혜 언니가 있던 Zone Ⅱ는 유난히 흑인이 많은 동네다. 늦은 밤, 어플리케이션 폼을 들고 돌아오던 나. 존을 만난다. 술 취한 존이 내 어깨에 팔을 두른다. 어디를 가느냐고 묻는다. 소리를 지를 거라고 말이라도 할까, 하지만 존과 나는 어느새 이야기를 나눈다.
"나는 한국에서 왔어. 나는 일자리를 구해야 해. 나는 배가 고파."
마치 검은 돌 사이 흰 돌 찾기라도 하듯 그 거리를 지날 때마다 나는 존을 본다.

며칠 후, 존이 일자리를 구해 줄 수 있겠다고 한다. 자기 친구가 맥도널드의 수퍼바이저라며. 그날 이후, 나는 존을 보지 않는다. 존을 따라간 오래된 집. 존과 똑같이 생겨 존인지 아닌지 구분도 할 수 없게 생긴 이들 몇이 대마초를 피운다. 아무런 건질 것 없는 대마초, 한국에서 열여덟 해를 살아온 나는 그것이 꼭 작은 골방 본드만 같아 그대로 뒷걸음질친다. 존이 쫓아와 무슨 일이냐 묻는다. 아파요, 나 아파. 존의 팔을 뿌리치고 골목을 달려 나간다. 나, 다시 그 공간으로 돌아가게 되는 건 아닐까. 존이 있던 그 시간, 나는 일부러 삼십 분을 돌아 집으로 향한다.

 얼마간만 있겠다던 나는 삼 주가 되도록 다혜 언니 집에서 나갈 생각을 않는다. 낮이면 학교에 가는 다혜 언니는 낮에 내내 뭐 하기에 일자리를 구하지 못하느냐고. 면접을 보고 온 나, 아무런 말도 못한다. 그들이 나를 보고도 필요로 하지 않았다는 말이, 내가 그들을 찾지 않았다는 말보나 사존심을 챙기는 일만 같다. 다혜 언니의 불편함이 나날이 더해 갈 때쯤, 이모에게 전화를 건다.
 "죄송해요, 이모."
 며칠 뒤 50파운드의 돈이 도착한다. 10만 원가량의 그 돈은 면접을 보러 가는 차비만으로도 벅차다. 그것으로는 얼마 버티지 못한다. 다혜 언니에게 줄 방세가 더 이상의 방도가 없자 아무런 징후도 없던 날, 짐을 챙긴다.
 '미안해, 언니. 이렇게 나가 버려서. 나 지금은 돈이 없어서 이번주 방세를 줄 수 없지만 돈을 벌면 꼭 갚을게. 정말 미안해. 그동안 정말 고마웠어.'
 짧을 이야기를 길게, 길게 적고 짐을 들고 나온다. 한인 교회에서 만난 동화. 자기 집에 며칠이라도 묵으라고 말해 준다.
 결국 또, 내가 없이 남의 집으로 들어간다. 하지만 그들도 세를 얻은 집. 나를 묵게 해 줄 수 없다는 주인의 말. 대충 무거운 짐을 맡겨 놓은 채 거리로 나간다. 열여덟 영국에서, 열여섯 한국처럼 다시 거리로 들어간다.

주머니에 단 돈 3파운드. 11월의 영국은 동그란 바람이 불었음에도 얼굴에 생채기를 낸다. 교회 옆에 앉아 보지만 도저히 추위를 가눌 길이 없다. 1.40파운드를 내고 심야 버스에 오른다. 버스가 ZoneⅡ로 접어들자 덩치 좋은 흑인들이 하나 둘씩 올라탄다. 내게 무어라 소리치지만 그들의 말을 알아들을 수 없다. 모든 흑인들이 존처럼, 천천히 또박또박 내게 말하지는 않는다. 허벅지 위에 올려놓은 가방은 무게를 더하고 버스 안이지만 찬바람이 샌다. 얇은 치마 한 장으로 버티기에는 가혹한 날씨. 목도리를 더욱 세게 동여맨다. 오직 이빨만 하얗게 빛나는 진짜 흑인. 내 옆으로 앉는다. 근육질의 몸매에서 풍겨 나오는 역한 냄새가 코를 찌른다. 그가 입을 벌리자 알 수 없는 냄새들이 섞여 소리가 된다. 능글맞은 웃음이 내 얼굴 바로 앞까지 다가왔을 때, 그의 팔은 이미 나의 어깨를 두르고 있다.

버스에서 내린 곳은 전혀 모르는 동네. 낙서가 가득한 굴다리가 있는 동네. 시간은 새벽 두 시를 넘긴다. 아무런 대책 없이 그의 팔을 피해 내려 버린 동네. 영국의 빨간 2층 버스가 낭만적인 것은 한낮뿐이다. 버스 2층에서 칼에 찔려 죽었다는 어느 아시아 남자의 이야기. 버스 2층에서 강간을 당했다는 백인 소녀 이야기가 마구잡이로 흘러 들어온다. 알 수 없는 지붕들이 가득한 정거장. 멍하니 내려 그때까지도 불 켜진 어느 집의 거실을 본다. 네 사람의 실루엣이 웃는 것을 멍하니 바라본다.

얼마를 걸었을까. 종아리는 피부가 한 겹 덧씌워진 듯 닭살이 돋아 오른다. 영국의 겨울바람은 한국의 그것보다 훨씬 부드럽지만, 외로움을 더한다면 훨씬 세차게 피부를 파고든다. 나의 살을 에는 것은 이국에 대한 두려움, 혹은 자괴감. 이름 모를 공원으로 들어선다. 추운 만큼 다리가 아파 온다. 공원 입구에서 멀지 않은 의자 하나가 비어 있다. 자리를 잡고 다리를 쭉 편다. 여전히 바람은 얼굴을 괴롭히지만 남자의 역한 냄새가 나지 않는다는 것만으로도 평온하다. 그러나 오래가지 않는 평온. 가방을 머리맡에 두고 조금이라도 누워 볼까 할 때쯤 눈만 하얀 흑인 무리가 다가온다. 인종차별주의 따위, 차별받고 있는 내가 가질 생각은 아니지만 밤에 만나기에는 백인보다 흑인이 더 무서운 것은 사실이다. 그들의 어두운 얼굴색은 표정을 읽기가 어렵다.

공원 한쪽에서 짓고 있는 무리 속에 도망쳤던 냄새가 나를 돌아보게 한다. 어쩌면 나와 동갑일까, 남자 여자아이들 몇이 대마초를 피우고 있다. 흑인 무리들이 결국 내 곁으로 다가와 자리를 잡는다. 나는 여전히 그들이 하는 말을 알아들을 수 없다. 엉거

주춤 웃으며 일어서는데 그의 손바닥이 내 허벅지 위에 올려진다. 그의 손을 뿌리치고 자리에서 일어선다. 알 수 없는 지붕들이 가득한 정거장으로 돌아오며 혹시 그의 손을 뿌리치지 않았더라면 나는 잠을 잘 수 있었을까, 나약해진다.

 지금 갖고 있는 돈으로 또다시 심야 버스를 탈 수는 없다. 그래서는 내 짐이 있는 곳으로 돌아가지도 못할 테니까. 나를 유혹하듯 버스 한 대가 스르르 다가와 정거장에 멈춰 선다. 한참을 망설이던 나는 그를 그냥 보낸다. 정확히 말하자면 그를 그냥 보낸 것은 아니다. 그의 꽁무니 뒤에서 그가 내뿜은 배기가스를 맡고 선다. 뜨거운 기운이 몰려온다. 그마저도 고마워 도로변에 한동안 서 있다. 버스가 달아난 거리에 서서 불 켜진 그 집을 바라본다.
 내게도 마음 놓고 들어갈 집이 있었으면. 따뜻한 이불 속에 들어가 한숨 잘 수 있었으면. 보드라운 솜털 이불 속으로 기어들어 따뜻한 방바닥에 몸을 뉘이고 늘어지게 한잠 푹 잘 수 있다면.

 어스름 새벽빛이 밝아 올 무렵, 공원으로 돌아간다. 요란한 파티의 흔적이 곳곳에 남아 있지만 더 이상 내 어깨에, 허벅지에 손을 올릴 무리는 없다. 아마도 그들에게는 집이 있는 모양이지. 아까 앉았던 의자에 다시 앉는다. 가방을 꼭 끌어안는다. 그대로 잠이 들었던가 보다. 골목골목 가득한 낮은 울타리를 꿈에서 본다. 그 안에서 빛나는 가정의 냄새를 맡는다. 진동하는 밥 냄새, 장롱에 오래 묵었다 꺼낸 티셔츠 냄새, 용돈이 적다고 불평하는 막내아들의 냄새, 상 앞에서 신문 보지 말라는 엄마의 잔소리 냄새.

이모에게 전화를 건다.

"정말 마지막이에요. 처음 보내 주셨던 돈은 이모의 것도 아니었다면서요. 어쩜 그러시나요. 절대 말하지 않는다. 고마웠어요. 그때도 정말 고마웠어요. 요 전에 부쳐 주셨던 십만 원도 요긴하게 잘 썼습니다. 하지만, 영어를 못하는 열일곱 계집아이를 필요로 하는 곳이 아무 데도 없네요. 죄송합니다. 이런 전화를 걸게 되어 면목이 없습니다. 그나마 근근이 있던 아는 언니네 집에서도 더 이상 있을 수 없게 되었답니다. 갈 곳이 없어요. 며칠 동안 어디도 들어가지 못했습니다. 배를 곯은 지 벌써 며칠이나 되었어요. 배가 고픈 것은 참을 수 있지만 나, 잠을 자고 싶어요. 이불을 덮고, 차지 않은 바닥에서. 예순 번째 면접을 봤지만, 그들은 여전히 나에게 호의적이지 못하답니다."

나가라고 해도 붙어 있었어야지, 갈 곳도 없으면서 그 언니네 집은 왜 나왔느냐는 말을 듣는다.

"남의 집이 싫었답니다. 내가 이모네를 나온 것도 그랬던 걸요. 다투기만 하면 너네 집으로 돌아가라는 외사촌 오빠의 말을 들으며 홍역을 치르듯 아팠던 기억을, 나는 아직도 잊지 않고 있답니다. 왜 남의 집에 사니, 너네 집으로 돌아가. 멍하던 내 표정을 보고 있던 외사촌 오빠의 말도 잊지 못하는걸요. 가려면 4,000만 원을 주고 가라. 너를 키운 값이야. 아마도 외사촌은 그대로 내가 나가 버릴까, 4,000만 원을 만들 때까지라도 집에 있으라는 말을 하려던 것이었을까요. 남의 집이 싫었답니다. 무능한 나는 여기고 저기고 남의 집에 자꾸 얹혀살지만, 대가를 치르지 못하는 남의 집이란, 얼마나 고역이었는지요."

 은주에게 전화를 건다. 갈 곳이 없던 열일곱 나를 자신의 집에 들이던 그 은주에게 전화를 건다. 얼마의 돈이 통장으로 부쳐진다. 한국에서 담배가 도착한다. 그것을 주위 사람들에게 팔아 또 얼마를 구한다.

 방 한 칸을 낯모르는 사람과 나눠 쓰는 대가는 150파운드. 넘어질 뻔하다 난간을 잡으니, 난간이 뚝 떨어져 나가던 150년 된 집. 그 집의 엉성한 창에서는 쉴 새 없이 바람이 불어 닥친다. 덜컹덜컹. 하지만 덜컹거리는 창 소리를 들을 수도 없었던 지난밤 그 길거리보다 아늑한 마음에 두고두고 웃는다. 이불을 코끝까지 당겨 덮는다. 복작거리는 동생과 사춘기 언니와 부모님이 있는 시끌시끌한 가정에서 빨린 옷에서만 나는 냄새가 코를 달콤하게 한다. 이불을 덮고 키득거리자 옆 침대의 낯모르는 사람이 묻는다.

"무슨 좋은 일 있어요?"

"그럼요!"

"무슨 일인데요?"

"음…."

코끝까지 당겨진 이불에서 가정의 냄새가 난다는 말, 그것이 나를 자꾸 키득거리게 한다는 말을 차마 하지 못하고 얼버무린다.

다음날, 동화 어머니의 소개로 일자리를 구한다.

"불쌍한 아이, 어린 것이 추울 텐데, 내가 해 줄 수 있는 것이 이것밖에 없구나."

그런 동화 어머니의 말씀이 귀에 잘 들어오지 않는다. 일자리를 구했어, 일자리를 구했다고.

접시를 닦으면서도 혼이 난다. 바닥을 쓸면서도 혼이 난다. 손끝이 야무지다고, 너라면 믿을 수 있겠다고. 한국에서 듣던 칭찬들이 지구 반 바퀴를 돌아 꾸중이 된다. 수를 셀 수 없는 설거지를 하면서도 자꾸만 혼이 난다. 왜 더 빨리 하지 못하는 거니. 가슴이 조마조마하다. 행여 내치지는 않을까 내내 아리다. 가게로 나가는 내 발걸음을 제촉한다. 학원을 갔다가, 집으로 돌아와, 가게까지 갔다, 집으로 돌아오는 길. 하루에 8킬로미터를 넘게 걷는다. 8킬로미터를 넘게 걷는 내 발길이 종종걸음 친다. 8파운드 정도면 정해진 구역 안에서 마음대로 버스를 탈 수 있는 티켓을 살 수 있다. 하지만 그러면 나는 내년 학비를 낼 수 없어, 걷는다. 또, 걷는다. 12시쯤 일이 끝나면 런던의 밤은 고독하다. 술도 11시까지밖에 팔 수 없는 나라, 술 취한 사람들이 어깨동무를 하고 노래를 부르지 않는 나라, 런던의 밤을 걷는다.

어떻게 이런 나라에서 살 수가 있지. 이런 나라에서 반 년 이상 살아가는 사람들은 반 미친 채 살아가는 걸 거야. 쌩쌩 달리는 차 옆으로 어느새 반 미쳐 버린 내가 느릿느릿 온갖 생각을 하며 걷는다. 바람을 맞으며 걸음을 옮길 땐 간혹 이모가 떠오른다. 이 시린 바람, 이모도 내 나이에 이렇게 걸었겠거니.

국제미아 고연주

이모는 악착같이 그악스러운 사람이었다. 500원 들고, 공부하겠다며 혈혈단신 여자의 몸으로 서울 올라온 지 20여 년 만에 강남에 학원이 두 개, 집이 한 채에 강북에 학원 한 개, 서울 너머 집이 한 채. 재산 한 톨 물려받기는커녕 지식 하나 물려받은 것 없이 일궈냈다. 그 그악스러움이 뭉쳐 집이 되고, 학원이 되었다. 나는, 아무리 독하다는 소리를 들어도 그리 그악스러워질 수는 없겠다 싶을 정도로.

방학이 되면 다섯 시부터 깨워 학원으로 향한다. 잠이 덜 깬 눈으로 칭얼대기라도 할라치면 매서운 손바닥이 내리쳐진다. 그제야 속으로 온갖 불평을 해대며 천천히 일어선다. 다섯 시에 일어나는 것조차 힘겨운 나는 몸이 천근만근이지만 이모는 새벽기도도 가신단다. 장사도 제 눈꺼풀은 들어 올리지 못한다고 세수를 하면서 꾸벅꾸벅 감기는 눈꺼풀을 적어도 삼십 분은 붙일 수 있다. 깨우는 이모와 어떻게든 눈을 붙여 보려고 안간힘을 쓰는 나. 이모네 집에 머무르는 동안 내내 그랬다. 깨우는 이모였고, 깨워 놓고 새벽기도를 간 사이 어떻게든 좀 더 자 보겠다고 집 구석구석에 몰래 스며드는 나였다.

그런 이모가 나를 영국에 보내 주었구나. 주린 배를 움켜쥐었던 그악스러움 덕에 내가 지금 이국땅에서 이국의 언어를 배우는구나. 젊은 이모를 생각하면 한없이 다정해진다.

이모의 어떤 말도 개의치 않을 것 같은 다정함으로 오랜만에 전화를 건다.

"잘 지냈니? 훌륭한 영국에 있으니, 훌륭한 사람이 돼야지. 언니오빠도 못 보내는 영국에 너를 보낸 것 아니니. 영국이 얼마나 비싼 나라인지는 너도 살아 봐서 알 것 아니니. 동사무소에서는 원조가 끊겼단다. 네가 가고 한 푼도 받지 못했어. 그걸 받아서 메우려던 건 완전히 물거품이 됐어. 그렇지만 이 돈을 네게 달라고 하진 않을 테니, 공부 열심히 해라. 참, 전자사전이 필요치는 않니? 언니 것을 사면서 네 생각이 났단다. 주소를 알려 주면 사전을 보내 줄게."

오랜만의 이모는 내가 돌연 떠올린 다정함보다 몇 배는 다정하여 애정이 마구 솟아나게 한다. 이모의 매질은 결국 애정이었구나. 스스로를 다독인다. 그나저나 동사무소에서 돈을 못 받았다니, 내가 전화를 걸어 이모네 집에 있으니 돈을 보태 달라고 해야겠구나.

 동사무소에 전화를 걸었던 나는 민망함에 얼굴이 뜨거워진다.
 "이모님께서 정말 그러셨어요?"
 대답을 듣기 위한 질문이 아니다. 이모는 충분히 그랬을 분이다. 한 번도, 두 번도 아니라 몇 번이고 그리했을 분이다. 엄마가 돌아가신 뒤, 내가 호주가 되고, 세대주가 되면서 생활보호 대상자가 되었다.

 소년 소녀 가장. 그런데 상속 받은 아파트가 있다는 사실을 동사무소에서 알게 되고 이런저런 문제가 생기면서 재작년부터 끊겨 있었다. 게다가 재작년 말 내가 가출해 더 이상 이모네에 살고 있지 않다는 사실을 다니던 고등학교에서 들은 동사무소에서는 이모의 요청을 번번이 거절했다고 한다.

 그리하여 이모가 영국 유학을 제안하면서 꺼내신 말씀이 앞으로 이모 댁에 살 테니, 다시 생활보호 대상자로 선정해 달라고 동사무소에 전하라는 것이었다. 내 유학비를 얼마라도 채울 수 있도록.

영국으로 떠날 날을 하루 앞둔 나였으니 내가 동사무소에 한 말은 물론 거짓이었다. 죄책감이 없는 것은 아니었으나 그럼에도 이모가 제안한 영국 유학은 죄책감을 모두 사그라뜨릴 정도로 매력적인 것이었다. 탐욕스러운 열여덟의 나, 동사무소 직원 언니에게 말한다.

"이제는 이모랑 같이 살 거예요."

새로 만든 통장을 건넨다. 앞면이 복사된 통장은 이모의 주머니로 들어간다. 내 신분증과 함께. 뭐든지 좋아, 나를 이 구질구질한 방에서 꺼내 준다면.

전화기 너머 직원 언니가 말을 잇는다.

"난리도 아니었어. 한국에 있지도 않은 사람한테 몇 달 동안이나 보조금을 지급했으니. 발칵 뒤집혔었다니까. 그런데다 이모가 동사무소로 찾아와 보조금 끊겼다고 얼마나 난리 치고 갔는데. 아휴……, 말도 마."

"몇 달 동안 지급됐다고요?"

"그래."

"언니, 정말 미안해요. 어쩔 수 없었어요. 언니, 정말 미안해요."

그저 진심으로 몸 둘 바를 모르겠다는, 간절한 목소리로 몇 번이고 사과한다.

"아니야. 너도 무슨 사정이 있겠거니 짐작은 했어. 그래도 나한테만큼은 말해 줬어야지."

"그게…… 저……. 정말 미안해요."

"아니야. 그런데 네 이름으로 돼 있던 그 집, 어떻게 됐는지 알고 있어?"

"집이오? 신정동에 있는 거요?"

내가 영국으로 가기 전, 이제 이모 댁에 살 테니, 생활보조금을 지급해 달라고 신청하러 가져다준 서류는 어머니의 유산이 더 이상 내 것이 아님을 증명하는 서류라 한다. 그리하여 그것은 이제 이모의 것이라고 언니가 말하고 있다.

통증이 배부터 훑고 올라온다. 가슴이 아픈가 싶더니 금세 등이 아프다. 여기저기를 뒤져 약통을 찾는다. 이곳 약국에서도 약을 사기는 했지만, 통증이 쉬이 가시지 않는 통에, 없는 돈 한국에 부쳐 받아 든 약통을 찾는다.

토할 것 같은 약. 물컹거리는 흰 감촉은 넌덜머리가 나게 싫다. 은근히 풍기는 박하 향은 냄새만 맡아도 금세 토악질이 올라온다. 게다가 그 희멀건 액체가 목구멍으로 흘러 들어가며 콧속으로 박하 향을 찌를 듯 올려댈 땐, 약을 왜 먹어야 하는지조차 알 수 없다. 구역질을 참고, 참아 물약을 목구멍으로 흘려보내고도 알약을 깐다. 약이 내 몸속으로 온전히 받아들여지기까지 기다려야 한다는 것을 알고 있지만 통증에 인내심을 잃는다. 허겁

지겁 약을 먹는 기세는 쉽게 멈추지 않는다. 통증이 사라질 때까지 약을 먹겠다는 기세로 몇 알이고 들이붓는다. 알약이 목에 걸려 먹먹하다.

그러는 동안 가슴에 꽂혀 등 깊숙한 곳까지 찔러대던 통증은, 목구멍까지 번져 목구멍이 타는 듯하다. 어쩌면 가슴의 통증은 가셨는지도 모르겠다. 가슴이 아프다가, 더 깊은 곳으로 찔러 들어가더니 이내 등이 아프고, 점점 오르는가 싶더니 목구멍이 아프다가, 울렁거린다. 내가 싫어하는 약이어서인지, 통증과 동반되는 구역질이어선지, 화장실로 달려가 제대로 먹지도 않은 것을 토해 내는데 검붉은 피가 섞여 나온다.

지난번 약을 부탁했던 녀석은 약국에 가 나 대신 증상을 설명했다가 병원에 가 보라는 소리를 들었다면서 병원에 가라고 나를 채근하던데 아무래도 피까지 올라오더라는 말은 하지 말아야겠다고 생각한다.

끈적끈적한 타액과 엉겨 붙은 위액을 토해 내자 혓바닥 시큼하다. 혓바닥의 껍질이 벗겨지기라도 한 것처럼 타 들어간다. 그래도 토해 낸다. 손가락을 넣어 목젖을 자극한다. 수면제를 먹었다가 금세 삶의 희망을 찾은 여배우처럼, 그리하여 토해 내지 않으면 내가 죽을지도 모른다는 심정으로 모든 것을 토해 낸다. 내 목구멍을 타고 흘러 변기 속에 처박히기 바라는 것은 위액도, 역함도 아니다. 낯선 영국 땅, 내 것이 아닌 집에서, 낡은 변기를 끌어안고 내가 토해 내기 바라는 것은 '오해'. 혹은 '오해'이길 바라는 '의심'.

검붉은 피와 타액과 위액이 마구 엉킨 변기 속을 바라본다. 눈에서도, 코에서도, 입에서도 줄줄 흘러나온다. 슬픔과 관계없는 눈물이 맺히고, 콧물이 흐른다. 위액이 코로 흘러 들어갔는지 코가 아리다. 변기를 부여잡고 의심을 토해 내게 해 달라고 애원하지만 머릿속은 재빠르게 돌아가고 있다.

거짓말을 한 것은 동사무소 언니일까, 이모일까. 동사무소 언니가 내게 그런 거짓말을 할 이유가 없지 않은가. 그렇다면 이모가 거짓말을 하는 이유란 무엇인가. 내가 행여 생활비를 보태 달라고 부탁할까 입막음을 하신 것일까. 거짓말을 하는 것이 누구인가, 라는 의문을 던져 보지만 머리가 알고 있다. 의문은 의문이 아니라 원망이다.

동사무소 언니의 말로는 엄마의 유산이 이모 명의로 바뀐 것은 꽤 시간이 흘렀다 했다. 내가 동사무소를 찾던 그때에도 이미 내 명의가 아니라 했다. 그렇다면 이모는 왜 내게 그런 이야기를 해 주지 않았던가. 오늘 통화를 할 적에도 왜 이야기해 주지 않았던가. 오해이길 바라고, 의심이길 바라는 마음. 더러운 오해라고, 더러운 오해 따위 토해 내야 한다고 변기를 부여잡지만 나오는 것은 핏덩이의 한데 엉킨 타액의 덩어리.

'나, 버려진 것이다.'

올라오는 생각을 꾸역꾸역 눌러 보았지만, 기화되듯 부풀어 오르는 한 가닥 생각이 머리 구석구석 들어차 떨쳐 버릴 수가 없다.

편도 비행기 티켓. 거절당한 통화. 한국에서 부쳐 온 돈은 유학원 원장님의 것. 갈 곳이 없다고 매달렸을 적에도 단호하던 목소리. 모든 것이 뒤엉킨다. 의심이길 바랐다. 그것들은 나의 강인함을 위한 것이라고 누군가 나를 속여 줘, 제발.

얼마간 변기통을 부여잡다 쓰디쓴 액체를 똑바로 바라본다. 부정하지 않겠다. '그런 게 아니야'라며 어린아이처럼, 부정에 매달리지 않겠다고 다짐한다. 다짐이 굳어지자 망설이지 않고 일어선다. 입을 훔친다. 손을 씻는다. 타액으로 끈적거리는 손을 벅벅 비벼 가며 씻는다. 부정하지 않겠다. 그렇다고 인정하는 것은 변기 속 물과 함께 흘러 내려간 핏덩이의 자존심을 건드리는 일이다. 결국 어느 쪽이든 상관없다는 마음가짐을 갖기로 한다.

씨익.

거울 속의 내가 웃는다. 슬랩스틱 코미디의 주인공보다 더 우스꽝스러운 표정으로 최대한 크게 웃는다. 소리는 내지 않는다. 입 주변만 간신히 닦아 내 물기가 흐른다. 흐르는 물기를 훔치자 채 닦이지 않은 타액이 미끈하다.

'이 정도는 오늘의 결심이라 여기자. 상관없다고 생각하자.'

그것은 용기 없는 자의 선택이다. 차마 따져 물을 용기가 없는 자의 선택. 왜 거짓말을 하셨느냐고. 엄마의 유산은 어찌된 일이냐고. 왜 내게 한마디 상의조차, 상의는 고사하고 어떤 언질조차 없었던 것이냐고. 따져 물었다가는, 행여 내가 타국에 버려진 것이라는 이야기를 이모의 입을 통해 듣게 될까 가슴이 먹먹하게 두려워, 상관없다고 여기기로 결심한다.

영국의 오래된 집은 바람이 치고 가는 창문이, 불쌍하리만치 덜컹거린다. 기찻길 굴다리 옆의 이 오래된 집은 창문이 덜컹거리는 소리가 유난히 커 온 집안을 울린다. 온 집안이 내 마음만 같다.

일이 좀 익숙해졌는가 싶더니 사고를 친다. 나도 할 수 있어요, 장담하고 고기를 자르던 날. 얼어 있는 고기를 싹싹 잘도 써는 기계로 내 손가락을 썰어 버린다. 고기의 두께만큼 손가락 끝으로 칼이 들어와 있다.

'그나마 세로라 다행이지, 가로였더라면 정말 손가락 한 마디가 그대로 날아갈 뻔했어. 다행이야, 다행.'

피를 뚝뚝 흘리며 손가락을 보인다. 기겁하는 사장님, 그대로 병원으로 향한다. 온 팔뚝이 피로 물들었지만 눈에서는 한 방울의 눈물도 흘리지 않는다.

영국에 오고 석 달이나 되었을까, 길을 건너다 덤프트럭에 치여 한 30센티미터 허공으로 붕 떴다가 떨어졌을 적에도. 몸이 아픈 건 참을 수 있는 거야. 머리가 그리 말하니 눈물이 쏙 들어간다. 언제고 물에 젖은 바닥, 바지가 더럽혀져 버렸다. 그 생각을 하며 일어서는데 주변 사람들이 온통 핸드폰을 붙잡고 있다. 바지를 툭툭 털고 가던 길을 가려는데 벌써 경찰차와 응급차가 도착해 있다. 엉덩이가 시리다. 허리가 뻐근하지만 무슨 수로 허리가 뻐근하다는 말을 하나. "Are you fine?"이라는 질문에 "Are you pain?"인가 싶어 고개를 끄덕거린다. 그렇게 물을 리 없는데도, 엉덩이가 시리니 fine을 pain으로 듣는다. 응급차에서 나를 내려 주고 경찰차가 사라지자 시린 엉덩이를 붙잡고 버스를 탄다.

'이 정도, 울면 큰일 나.'

 병원은 사람투성이다. 피가 멈추지 않는데도 나를 돌아보지 않는다. 애초 응급환자로 접수하지 않아 계속 기다린다. 같이 와 줬던 사장님의 남편은 두어 시간을 함께 있다 일이 있다며 간다. 그래도 대충이나마 지혈제를 뿌려 놓아 점점 피가 멎는다. 한 시간이 지날 때마다 언제 치료를 받을 수 있느냐 묻지만 내 두 배는 되는 큼지막한 엉덩이의 간호사는 기다리라고만 한다. 무료인 대신 사람으로 왕성하게 들어찬 병원.

'차라리 돈을 낼게요. 돈을 낼 테니 치료해 줘요.'

얼마나 피를 쏟았는지 의자에서 일어설 때마다 가벼운 어지러움을 느낀다.

세 시간이 지나자 쏟아지던 피는 뚝, 뚝. 피가 멎기 시작하면서 눈물이 쏟아지기 시작한다.

'나 이렇게 아픈데, 좀 돌아봐 줘요. 거기 간호사 언니, 나 지금 아프다고요.'

네 시간이 지나니 이국이구나, 싶다. 여기, 내 나라가 아니구나. 내가 얼마나 아픈지, 치료해 달라고 조를 수 있는, 내 나라가 아니구나, 싶다. 차라리 돈을 내는 내 나라가 좋구나. 통증보다 더 한 통증이 가슴으로 밀어닥친다. 파트타임 면접을 보다 서른 번째 퇴짜를 맞았을 때도 흐르지 않던 눈물이 그제야 뚝, 뚝. 이러다 피가 너무 많이 흘러 죽어 버리면 어쩌지. 손가락 하나로 엄살도 가지가지. 팔을 올리고 있으니 팔뚝을 통해 흘러나온 피로 하얀 티셔츠가 붉어진 지 여섯 시간이 되었을 때쯤 간호사가 내 이름을 부른다. 영조, 영조 코. 뒤뚱거리는 엉덩이를 따라 들어가 침대에 눕는다. 지혈제가 혈액과 함께 응고되어 그것을 먼저 파내야 한단다.

"이대로는 스티치를 할 수가 없어요."

"스티치? 미안해요, 나 영어를 못해요."

그를 빤히 쳐다본다. 한참을 스티치, 스티치. 벌어진 손가락

틈으로 응고된 지혈제를 녹이는 사이 그는 스티치를 스무 번도 더 말한다. 아예 책을 들고 와 바느질 옷감이 그려진 그림을 보여 준다. 그제야, 아, 스티치. 우리나라에서도 옷을 꿰맨다고 하듯 손가락을 꿰맨다, 고 하는데 지구 반 바퀴를 돌아도 손가락을 '꿰맨다'고 할 줄이야. 무슨 의학 용어겠거니 바느질을 염두에 두지도 않았던 나는 그제야,

"예스! 아이 노우!"

눈을 질끈 감는다. 마취제는 건강에 좋지 않아 마취를 잘 해 주지 않는다는 영국. 태어나 몇 번이나 몸에 바늘을 댔지만 이번처럼 아프기는 처음이다. 한 바늘 한 바늘 들어갈 때마다 허리가 들썩인다. 열 뜸을 꿰매고 일어서는데, 창피해 고개를 들지 못한다. 어쩐다지, 울어 버렸네.

영국애 와 처음으로 작은이모에게 전화를 건다. 굉장히 상냥하다, 굉장히 무서운 큰이모와는 달리 작은이모는 언제나 상냥하고, 덜 무섭다. 큰이모와 작은이모는 달라도 너무 다르다. 자식이 말썽을 피우면 큰이모는 자식을 때린다. 다시는 그러지 못하도록 혼쭐을 낸다. 하지만 작은이모, 기도를 한다. 당신 혼자 눈물을 흘린다. 내가 죄인이라고, 내가 죄가 커 내 자식이 저런다고. 매든, 기도든 무섭기는 피차일반이다.

"이모, 저 힘들어요. 사실은, 사실은 아주 힘들어요. 다들 영국

에 간 내가 부럽다 할는지 모르지만 저 진짜로 외롭다고요. 배가 고파요. 오늘은 손가락을 다쳤는데 여섯 시간을 기다려서야 겨우 꿰맬 수 있었어요. 얼마나 아팠다고요. 한국으로, 가고 싶어요."

간혹 타인의 입을 통해 듣는 나의 소식에 나도 놀라곤 한다. 작은이모의 입을 통해 들려온 내 소식이란, 큰이모가 매달 생활비와 학비를 보내고 있다고. 그것 때문에 얼마나 등골이 빠지는지 모르겠다고. 영국이라는 나라가 얼마나 물가가 비싼지 아느냐고. 큰이모에게 고마운 줄 알라고, 거기서 부쳐 주는 돈으로 공부 잘하고 있으면 내년 대학 등록금도 부쳐줄 거라 했다는데 너는 왜 힘들다 하느냐고, 가고 싶어도 못 가는 이가 얼마나 많은지 아느냐고.

큰이모가 매달 내게 부쳐 준다는 생활비는, 어느 연주가 쓰기에 나는 잘릴 뻔한 손가락을 잡고 우는지. 귀신이 나타날까 벌벌 떨며 8킬로미터를 걷는지. 우습게도 또 다른 호적 속의 고연주를 떠올린다. 걔가 쓰나. 허무맹랑한 생각에 웃어 버린다.

작은이모에게 내 소식을 듣곤 큰이모에게 전화를 건다. 손가락을 다쳤어요, 얼마간 일을 할 수 없습니다, 그 동안 나는 뭘 먹고 살라고요, 돈 좀 부쳐 주세요. 사장님께선 일을 하다 다친 것이니 일을 하시 않아도 그 주 주급을 주었지만 나는 입을 꾹 다문다.

며칠 뒤, 한국에서 몇 십 파운드가 도착한다. 내 주급이 110파운드이던 때에.

아침 공기는 차다. 여름이 되어도. 담배를 한 대 물고 버스 정거장을 지나친다. 버스 두 정거장쯤 지났을까. 한 남자 아이가 다가와 담배를 좀 줄 수 없느냐 묻는다.
"미안해요, 어쩌죠. 나도 이게 마지막 담배라서요."
주머니 안에는 한 갑이 고스란히 들어 있지만 어떤 면에서 그건 맞는 말이다. 마지막 한 갑이고, 한국에서는 어제 부쳤다고 하니 도착하려면 일주일은 버텨야 한다. 한 갑에 4파운드를 훌쩍 넘는 담배를 영국서 사 피울 수는 없는 노릇이니까. 환율이 1,900원을 넘던 때, 4파운드짜리 담배니 한 갑에 대충 9,000원 꼴이다. 가게마다 담뱃값이 다르기는 하지만 어차피 몇 십 펜스 차이. 아무리 싼 가게에서 싼 담배를 산다고 해도 6,000원은 있어야 한다. 한국에서 1,100원을 주고 사 피우던 담배를 생각하니 기절할 지경이다.

한국이라면 당신에게 담배를 줄 수도 있었겠지만, 영국이라 곤란하네요. 지나치려는데 또 묻는다. 그럼 지금 피우고 있는 거라도 줄 수 없겠느냐고. 하는 수 없이 피우던 담배를 건네주고 가던 길을 간다. 마지막 건넬 때 한 번 깊게 빨아들였음에 만족하면서.

나와 같이 들어온 어떤 이는 벌써 네 단계나 레벨 업을 했지만 나는 이제 두 단계 올라갔을 뿐이다. 공부를 하겠다고 마음을 먹으면서 게으른 것은, 위인전을 보며 언젠가 유명한 작가가 될 것이라고 다짐하며 일기쓰기를 미루던 그때와 다를 게 없다. 그이는 학원을 두 개나 다닌다면서요, 과외도 한다잖아요, 나는 일을 해야 한다고요, 나의 가장 큰 단점이면서 동시에 장점인 것. 스스로를 변명하기. 꺼내 든다. 그 사이 점점 게을러지시만, 짐짐 스스로를 용서하며 살아간다. 스스로를 용서하는 것에 은근히 동화되어 합리화하는 속에 영국도 들어간다. 내게 호의적이지 않던 너를 지금쯤은 용서할 수 있겠구나. 영국아.

그러나 내가 호의적이든 그렇지 않든 영국은 여전하다. 그나마 해는 밤 열 시를 훌쩍 넘겨도 지지 않아 밤길이 참 다행스러워지고 있다. 몇 달 전, 공원에서 내 허벅지에 손을 올리던 흑인 남자의 역겨운 냄새를 맡았을 땐 어쩌면 사람이 귀신보다 무서울지 모른다는 생각이 잠시 들긴 했다. 하지만 나는, 여전히 귀신이 세상에서 제일 무섭다. 영화 링을 본 뒤, 3년이나 TV를 틀 수 없었던 나를 두고 친구들은 "귀신 같은 건, 없다고 생각하면 안 나타나"라고 말하곤 했다. 그럴 때마다 중얼거린다. "내가 없다고 생각했다가 귀신이 화가 나서 나타나면 어쩌지"라고.

이모의 이야기를 들은 지도 석 달이 된다.

'그 집을 어떻게 해야 하나. 어떻게 해야 하죠? 그 집이 가진 값어치라면 나 걷지 않고도 공부할 수 있을 텐데.'

유혹이 점점 강을 건넌다. 내 마음의 출렁이는 금단의 강. 마지막으로 이모에게 전화를 건다.

'오늘, 말해 주지 않는다면 나는 어떻게든 그 집을 되찾아 올 거야.'

학원에 나가 봐야 한다는 이모는 이 분도 지나지 않아 전화를 끊는다. 짧은 시간에 이모는 엄마의 집에 대한 어떤 말도 않는다.

"돌아가야겠어."

한국으로 돌아가야겠다는 이야기를 동훈 오빠에게 전한다.

"나, 꼭 다시 돌아올 거야. 그 일을 마치면 바로."

하지만 우습다는 표정으로 동훈 오빠가 그런다.

"넌 다시 돌아오지 못해. 내가 장담하는데, 넌 돌아올 수 없어."

그 말에 질세라 뒤지지 않고 바락바락 대든다.

"돌아올 거야! 그래서 걷지 않고 공부할 거라고, 접시도 닦지 않고 공부만 할 거라고!"

2002년 여름, 등록금을 하려 했던 돈으로 비행기 표를 산다.

한국에서 떠날 땐 60만 원이었던 돈이 그 몇 배가 되어 있음에 출입국관리소를 지나는 내 마음이 마치 불법 노동자 같다. 나를 들여보내지 않았던 인도 여자를 찾아보지만, 그녀는 없다.

2005년 겨울, 난 아직도 서울이다.

5장
끝나지 않았어, 내 얘기

무모한 10대들, 쯧쯧

스무 살. '이상해. 이건 정말 말도 안 돼.'
디지털시계는 11:59에서 12:00으로 넘어갔지만 아무런 일도 일어나지 않는다. 2003년 1월1일. 아무런 일도 일어나지 않은 채 스무 살이 된다. 내가 스무 살이 되어도 아무런 일도 일어나지 않았다는 것을 인정하는 데까지 3초가 걸린다. 2003년 1월1일 12시 00분 3초가 되었을 때, 세상의 진실 하나를 깨닫는다. 내가 스무 살이 되어도 아무런 일도 일어나지 않는다는 것을.

열여덟 살이 되고, 열아홉 살이 되었다가 다시 열여덟 살이 되고 다시 열아홉 살이 될 것이라 믿는다. 왜냐하면, 나의 스무 살이란 널찍한 원룸에 빛이 곧게 드는 커다란 창, 그리고 방금 햇볕에 말렸다 꺼내 와 햇빛을 갓 먹어 까칠한 이불이 곱게 덮여 있는 침대. 언제든지 로마로 날아갈 수 있는 여비. 부엌에서는 커피를 막 내려 가시지 않은 헤이즐넛 향이 남아 있는 곳. 나의 스무 살은 그런 공간에 있어야 한다고 믿어 왔는데, 스무 살을 맞는 나는 병원에 입원한 상태이고, 수술을 앞두고도 끊지 못한 담배를 물고 있는 탓이다. 내가 아직 스무 살을 받아들일 준비가 되지 않았으니 스무 살이란 내게 올 것이라 믿지 않는다. 성인을 상징하는 스무 살이란 꽤나 거창한 것이라 여겼는데, 별 기척한 없이 나는 스무 살이 된다.

요 몇 년간 '어린 나이임에도 불구하고' 라는 말이 나를 대변하는 이미지로 살아왔던 탓일까. 용감이라 가장한 무모함으로 똘똘 뭉친 십대를 보내 온 까닭일까. 내가 스무 살이 되고 스물한 살이 된다는 것은 상상하기도 어려울 정도로 어색하다. 만화책을 보면서 내게도 특이한 취향을 가진 멋진 재벌 2세가 프러포즈를 하는 상상을 한다. 하지만 독특한 취향을 가진 멋진 재벌 2세는 내게 프러포즈하지 않은 채 스무 살은 다가온다.

스무 살이 되어 내가 스무 살이구나, 하는 것을 가장 먼저 느끼게 해 준 것은 담배를 살 때 신분증을 보여 달라는 점원의 말에 "아, 지갑을 안 깃고 왔는데… 다음에 보여 드릴게요. 오늘만 그냥 주세요"하며 웃지 않아도 되는 당당한 나의 신분증이 아니다. '난 아직도 어린데…'라고 내 자신이 어리다는 것을 깨닫는 것으로부터 스무 살이 시작된다.

나의 십대라는 녀석은, 내가 판단한 일은 절대 그르치는 법이 없을 것이라는 투쟁으로 보낸다. 더욱이 나 같은 경우, 자존심이란 친구와의 다툼에서 내가 먼저 사과하지 않는 것이거나, 돈을 많이 갖고 있는 것 따위가 아니다. 열여섯의 내가 판단한 세상에 대해 마흔 살이 되어 "거 봐, 내 말이 맞았잖아"라고 외칠 수 있는 모습이다. 하지만 스무 살이 된 나는 작은 목소리로 변명한다.
"그땐 그게 최선이었어."
"내가 맞아!"라고 외쳤던 일들에 대해 "나는 그게 맞는 것이라고 생각해"라고 말하기 시작하면서, "그 사람이 나쁜 거야!"라고 외쳤던 일들에 대해 "적어도 내가 생각하기에는 그 사람이 나쁘다고 봐."라고 말하기 시작하면서 스무 살을 맞이한다. 이런 변화가 옳은 것인지, 혹은 좋은 것인지 아직도 확신은 서지 않는다. 분명한 것은 스물다섯 살이 되면 나는 또 작은 목소리로 변명하고 있을 것이라는 거다.
"그땐 그게 최선이라고 생각했어."

"넌 아직 어려서 세상을 몰라"라는 말. 내가 가장 듣기 싫어하는 말이었다. 그것은 물론 지금도 그렇다. 내게 "넌 어려서 모르겠지만"이라고 말을 꺼내는 이들을 위해 안주머니에 항상 어퍼컷을 준비해 두고 다닌다. 내가 그토록 듣고 싶지 않았던 말이기 때문에 누구에게도 하지 않으려고 했다. "그땐 내가 세상을 몰랐지"라는 말을 하고 싶지 않았기 때문에 어린 너의 판단이 틀린 것이라고 말하지 않으려고 한다. 그런 나는 "어른들에게는 그 커다란 몸을 가득 채우는 사랑이 있듯, 우리에게는 우리의 작은 몸을 가득 채우는 사랑이 있는 거예요"라고 말했던 나를 잊는다. 중학교 1학년이던 나는 그렇게 내 사랑에 대해 변호했지만, 십여 년이 지난 지금 중학교 1학년들의 사랑을 대단한 것이라 여기지 않는 나를 발견하고야 만 것이다. "그땐 누구나 그런 경험이 있지." 그렇게밖에 말하지 못하는 내가 되어 버리고 만다. 지난 사랑이어서 아픈 것 같지 않다. 그들에게는 현재진행형이지만 내게는 이미 십여 년이 지난 사랑이어서 아픈 것 같지 않다. 그런 연유로 그들의 아픔에 등 돌리고 있다. 몇 년이 지나 중학교 1학년 때의 내 짝사랑이 이제는 더 이상 아프지 않다는 이유로 그들의 아픔은 '그저 그맘때쯤 누구나 겪어 볼 법한 일'로만 치부해 버린다. 정작 중학교 1학년 때의 나는 '내 사랑은 세상에 하나만 있는 꽤나 대단한 것'이라 소리친 주제에.

"나도 자취하고 싶다."며 우리 집에 놀러 오던 아이들은 곧잘 그런 말을 하곤 한다. 그럴 때면, "뭣 하러 집을 나와. 집이 제일 좋은 거야"라고 말하며 '넌 아직 고생을 덜 해 봤구나' 하는 시선을 던진다. 그것은 또한 열여섯에 가출했던 내 모습을 잊은 것이다. 어른이 되어 내가 어리석었다는 것을 인정하고 싶지 않아 어른처럼 생각하려고 노력한다. 어른스러워 보이기 위해 짐짓 애쓴다. 하지만 아무리 그때의 내가 어른스러워지려고 노력했다고 한들 스무 살의 내가 보는 세상보다 작은 세상을 바라본 것은 아닌가. 현실을 직시하지 못했던 것은 아니었던가 하는 생각에 시달리고 있다. 점점 자존심이 상하려 한다.

한 소년은 죽도록 공부하지 않는다. 소년은 춤이 좋고, 소년은 소녀가 좋다. 소년의 어머니는 소년에게 말한다. "네가 지금 공부하면 나중에 나이 먹어서 훨씬 많이 놀 수 있어. 하지만 네가 지금 공부하지 않으면 나중에 나이 먹어서는 하나도 놀 수 없단다." 하지만 소년은 대답한다. "난 지금 노는 것이 좋은걸요." 누구도 소년의 말이 틀린 것이라고 할 수는 없다. 소년의 선택이 그릇된 것이라 말할 수 없다. 그때의 노는 즐거움을 소년이 잃었다면 그것은 소년 자체를 부정하는 것이기도 하니까. 그렇다고 "당신의 자식을 마음껏 뛰어 놀게 해 주세요."라는 탄원서를 쓰고 있는 것은 아니다. 어린 시절에 춤을 추는 것이, 소녀가 좋은 것이 '잘못된 것'이라고 말할 권리에 대해 쓰고 있는 것뿐이니까. 그때의 소년은 노는 것이 좋았고, 그 뒤에 소년이 성인이 되어 "어릴 땐 내가 뭘 몰랐지." 라고 말하게 된다고 하더라도 그때의 진실은 변하지 않은 채 그곳에 남아 있다. 그럼에도 불구하고 어쩌면 우리, "세월이 흘러 평가하는 것만을 진실이라 믿고 사는 것은 아닐까."

그러다 올라오는 근본적인 나에 관한 질문. 나는 지금 그때의 진실을 적고 있는가 하는 불안. 지난 자의 여유로움으로 그때의 절박함을 놓치고 있는 내 문장, 단어들을 보며, 어쩔 수 없이 지난 자의 이기심을 읽는다.

나도 모르는 일이 넌 미안하니?

1학년 2반 1분단 세 번째 줄 S의 메일.

메일 함을 열자 S의 이름과 '안녕!'이라는 제목의 메일이 떡하니 나에게 안긴다. 나는 클릭을 하지 않은 채 S의 이름을 뚫어져라 바라본다. 한편으로 제법 흔한 이름이지만 나는 단번에 S를 떠올린다. 그녀의 이름을 발견한 순간 S를 떠올릴 수 있다는 것은 한 번도 상상해 보지 못했던 경험이다.

S의 메일이 도착했던 메일 계정은 웹사이트에 가입할 때 적는 것이기에 스팸 메일이 자주 오곤 한다. 그렇기 때문에 처음 메일을 보았을 때 S의 얼굴을 떠올렸음에도 그 메일이 스팸 메일인지 아닌지 고민한다. 메일을 클릭하는 데는 꽤 오랜 시간이 걸린다. 그리고 S다.

S와 나는 이렇다 할 나쁜 감정도 없고, 이렇다 할 즐거운 감정도 없다. 한때 친하게 지내며 많은 이야기를 나누기는 했지만 나는 누구와도 많은 이야기를 지껄인다. 나를 떠올리면 얼굴보다 소리가 먼저 떠오른다는 사람들이 있을 정도로.

 S의 메일은 나로 하여금 S에 대한 애정을 마구 뿜어대게 만든다. S의 메일 하나로 우리는 중학교 1학년 시절 모든 추억을 풍미하던 친구로 자리 잡는 데 오랜 시간이 걸리지 않는다.
 S는 내 뒷자리에 앉아 있었고, 까무잡잡한 피부를 가졌으며, 공부를 잘했고, J라는 친구에게 공부를 자주 가르쳐 주곤 했다. 그런 S가 웹사이트를 통해 나를 찾을 것이라고는 한 번도 상상한 적이 없다. '반갑다'는 말보다 '신기하다'는 말을 먼저 떠올리고 말았을 정도로.

 나는 1학년 2반의 왕따였다. 그러나 내게 학창시절이란 그저 그리움이다. S와 나는 그저 신구중학교 1학년 2반. 내 뒤에 앉았던. 그런 S는 내게 미안하다고, 그 말을 꼭 하고 싶었지만 그 동안 자신의 마음이 정리될 때까지 기다렸노라고. 그래서 이제야 내게 메일을 보낸다고 말한다. 그녀가 내게 미안해야 할 것이 무엇인지 곰곰이 고민하자 문득 떠오른 것이 중학교 1학년 2반의 나는 흔히들 말하는 '왕따'였던 것이다. 그 일을 두고 그녀는 내게 미안하다 말을 하고 있다.

　중학교 1학년의 나는 이것저것 우스갯소리를 곧잘 하고, 아이들은 쉬는 시간이면 내 주위로 몰려든다. 앞자리의 J와 K는 뒤를 돌아보고 뒷자리의 S와 B는 내게 귀를 기울인다. 짝이던 L은 촐싹이던 나보다 더 촐싹이며 재미있는 아이라고 연방 말한다. 그러나 1학년 2반에는 나와 사이가 좋지 않은. 그러나 친구가 많은. 그녀의 입김으로 나는 수학여행에서 짝이 없어 고민해야 할 정도에까지 이른다.
　나의 이야기에 몰려드나, 이내 등을 보이고 만 그때의 아이들은 내게 미안해 한다. 그중에는 이후 오해가 풀리고 다시 손을 잡고 복도를 돌아다니던 애도 있지만 그렇지 않았던 S는 내게 건네었던 손을 거둔 것이 못내 미안했던 모양이다.

　나는 단지 그 시절 많은 친구들 속에 싸여 있지 않았을 뿐이다. 내가 사교성이 없거나 성격이 크게 모나서 사람들을 곁에 두지 못한 것이라고 생각지는 않는다. '그저 그때 그런 일이 있었던' 정도로 넘어갈 만한 것이었지만 정작 S는 몇 년을 두고 고민해 왔었나 보다. 이제는 내가 S에게 미안한 감정이 솟구친다.
　나는 1학년 2반을 떠올리면 내 주위에서 웃어대던 아이들의 모습과 몰려다니며 담임선생님을 욕하던 모습, 나를 편애하시던

국어선생님이 계셨다는 것. 그런 정도의 일들이 떠오르는데 정작 S는 몇 년을 마음에 담아 두고 있었다니, S에게 좀 더 웃어 보이지 못한 내 잘못인 듯도 하다.

더구나 많은 친구를 두고 나를 적으로 돌리게끔 했던 그녀와는 S보다 더 먼저 연락을 하고 지내고 있었는데 말이다. 게다가 왕따라고는 하지만 그저 많은 친구들과 어울리지 못했을 뿐 뉴스를 통해 나오는 일본식 '이지메'와는 거리가 멀다. 내 시난 나이어리에는 1학년 2반 아이들의 편지가 아직도 가득하니. 내게 상처가 아니었던 것이 그녀에게는 미안함으로 자리 잡아 그녀의 시간 한구석을 차지하고 있었을 것이라는 생각을 하니 J에게 모르는 문제를 알려 주던 상냥한 S의 얼굴이 내내 밝게 떠오른다.

J에게 공부를 가르쳐 주었던 S는 이화여대 법대생이라 한다. 법대생이라는 점은 9년간의 공백이 있는 내게 조금은 어색하게 다가왔지만 그다지도 상냥하던, 그러나 때로 무서운 선생님 같던 S라면 분명 1학년 2반 1분단 세 번째 줄 창가에 앉았던 그 모습보다 한 움큼 더 지혜로운 모습일 것이다. 그녀의 미안함에 입을 맞춘다.

감정의 나락, 새벽 두시

"어떤 쪽을 선택해도 후회할 겁니다."

변호사가 말한다. 소송을 맡기려고 찾아간 사람에게 소송을 하든지, 하지 않든지, 그 어떤 쪽을 선택해도 후회할 것이라고 말하다니. 이봐요, 나는 당신의 고객이 될지도 모르는 사람이라고요. 하지만 그는 "네?"라고 되묻는 나를 향해 다시 한번 토씨 하나 틀리지 않고 말한다. 어떤 쪽을 선택해도 후회할 겁니다.

알고는 있다. 이모와 소송에 휘말리는 일이라는 것을. 게다가 내게 혈육이란 반에 반이라는 피가 섞인 친척 어른들밖에 없음을 모르는 내가 아니니. 이모네 집을 뛰쳐나온 것은 더 잘살기 위함이지, 이모와 영영 관계를 끊고 나를 무지막지하게 미워해도 괜찮다는 의미는 아니므로 재산을 두고 소송을 시작한다는 것은 두려운 일이다. 그 두려움으로 몇 년간 변호사들을 만나기만 하고 선뜻 결정을 못 내리고 있었다. 내가 모르는 척하고 지낸다 해서 내가 이모네 집으로 들어가지 않는 한 생활비와 학비를 부담해 줄 이모가 아니고, 공부가 하고 싶다 한들 이모네 집으로 다시 들어갈 만큼 열의가 굳은 내가 아니다.

소리를 지르며 잠에서 깬다. 지난 몇 년간 몇 번이나 꾸는 꿈. 굉장히 큰 예식장, 화려한 드레스. 하지만 단 한 명도 없는 하객. 결혼식을 시작한다며 나를 채근하고, 나는 텅 빈 신부측 좌석을 보며 경악하다 잠에서 깨어나곤 한다. 가장 두려운 것은, 내 결혼식장에 아무도 오지 않을 것이라는 점이다.

하지만 현실이란 꿈보다 더 두렵다. 눈앞에 닥친 현실이란, 간밤의 꿈보다 징그러운 것이다. 사람들이 혀를 내두를 정도로 성실한 것도 아니고, 머리가 좋은 것도 아니고, 무엇보다 모든 것을 포기할 열정이 없으며, 유혹에 자주 넘어가는 나는, 혼자서 고등학교는 졸업한다 하더라도 대학 입시 준비를 하고, 등록금을 마련하며, 직장생활을 하고 결혼을 하는 동안, 그 많은 것들을 혼자 감당해 낼 자신이 없다. 애초에 혼자였고, 온전히 버려졌다면 미련도 없을 것이나 그것에 내가 차지할 부분이 있음을 알고 있던 터라 좀 더 쉽게 살아길 수 있는 유혹을 뿌리치는 것은 쉬운 일이 아니다.

극한 두 감정이 몰아친다. 어느 것이고 평탄한 쪽은 없어 하루에도 몇 번씩 갈팡질팡. 이모는 왜 그랬을까. 왜 나에게 묻지도 않고 그랬던 것일까. 하다못해 내가 명의가 바뀐 아파트 서류를 가져다주던 날, 내일이면 영국으로 떠나던 날, 돌아올 비행기 표도 없이 보내던 날, 왜 이모는 말하지 않았을까.

결국 변호사를 찾아가기 몇 달 전 나는 이모에게 간다. 추석을 핑계로 이모 집에 들른 것이다. 여느 때처럼 이모는 살이 빠졌다느니, 더욱 예뻐졌다느니, 달콤하기 그지없으나, 진실이 보이지 않는 칭찬. 어색하게 웃는다. 무슨 일을 하느냐 한다. 왜 중간에 한국에 왔느냐고, 언제 한국에 왔느냐고도 한다. 이런저런 이야기 끝에 사원증을 내민다. 회사원이 되었다고, 자랑스럽다고도 한다. 귀에 들려오지 않는다. 말을 꺼내 볼까, 이모에게 물어볼까. 그 집이 대체 어떻게 된 거냐고, 왜 내게 말해 주지 않느냐고 물어볼까. 그러나 이모란, 그렇게 호락호락하신 분이 아니다. 내가 그런 이야기를, '건방지게' 함부로 꺼내 놓을 수 있는 상대가 아니라는 것이다. 도배를 해 준다고 했으면서 왜 해 주지 않느냐고, AS를 신청했으면 재깍재깍 와야지, 왜 이제야 오느냐고 악을 써 가며 바리바리 묻는 나라고 하더라도, 물을 수 없는 이야기다. 온 신경을 기울였더니 가슴이 먹먹하다. 통증이 시작된다. 진실이 보이지 않는다는 것이, 엄마는 과연 나의 어떤 선택을 원

할 것인지. 무엇으로 나는 이 '건방진' 행동을 정당화해야 하는 것인지.

어머니의 유산이므로 나는 그 일부라도 찾을 권리가 있는 것이라고, 그러니 나의 행동은 당연하다고. 하지만 이모는 육 년이나 나를 길러 주었다고, 그런 조카가 어느 날 소송을 걸어온다면 얼마나 황망하겠는지, 내가 도둑질을 하여 파출소를 가게 되었을 적 나 대신 고개 숙이던 것이 이모 아니었느냐고, 내가 집을 나갔을 적 나를 찾아온 것이 이모가 아니었느냐고 말한다. 청소를 하지 않아 상장을 찢기고, 빨래를 하지 않아 맞지 않았느냐고, 영국에서 그렇게 전화를 끊어 버리지 않았느냐고, 갈 곳이 없다 했을 때도, 산남의 집에서 왜 나왔느냐고 하지 않았냐고. 하나씩 맞물려 본다. 이미, 소송을 하기로 마음먹었음에도 정당화를 시키는 데는 꽤 오랜 시간이 걸린다.

그렇게 시작한 싸움은 나를 더욱 당혹스럽게 만든다. 이러다 이모를 미워하면 어쩌나 걱정되게 만든다. 이모의 이야기 속에는, 지난 20여 년간 한 번도 들은 적 없는 이야기, 엄마의 아파트가 사실은 이모의 돈으로 살 수 있었던 것이라던가, 내 선택으로 해냈던 검정고시도 이모의 도움이었다고, 여러 가지 일들이 이모의 이야기 아래에서 영국의 생활비와 학비를 꼬박꼬박 부쳐 주고 있는 이모로 바뀌어 가고 있다.

'제발, 미워하게는 하지 말아 주세요.'

영국의 기찻길, 황망한 기차 소리, 공중전화, 그곳에서 내가 '버려졌구나'라고 느끼던 순간이 되살아난다. 사람들은 내게, 이모는 원래부터 그럴 계획으로 너를 영국으로 보낸 것이라 하던 말들이 맴돈다. 아닐 것이라 자위하며 보낸 시간들이 무의미해진다.

몇 차례 서류를 주고받다 처음으로 이모를 만난 것은 서울중앙법원 조정실 앞이다. 도저히 혼자 이모를 볼 자신이 없어 은주와 함께 그곳에 도착한 나는, 그새 몇 년은 늙어 버린 이모부를 본다. 검은색 비닐봉지를 들고 다니는 것도 체면 구기는 일이라 여겨 생선을 사 오시더라도 누런 종이봉투에 담아 오시던 분이셨는데, 그렇게 멋스러운 이모부는 지친 어깨로 내 인사를 받는다.

"어머, 넌 연주 친구구나. 그새 훨씬 예뻐졌네."

은주를 향한 이모는, 그 어느 때와 다를 것 없이 친절한 친구의 이모를 톡톡히 해내고 있다. 앞의 조정 사건이 길어져 기다리는 동안 화장실 가는 길에 마주친 이모는 그런 나를 향해서도 인사를 빼먹지 않는다.

"연주는 살이 더 빠졌네. 정말 몰라볼 만큼 예뻐졌구나."

부담스럽다. 온몸으로 부담스럽다는 제스처를 한다. 딱딱하게 굳은 표정으로 말도 하지 않는다. 그럼에도, 이모는 웃는다. 나는 아무 말도 하지 못하고, 이모는 웃는다. 어느 때고, 사람이 곁에 있으면 한없이 친절한 이모였다. 내가 무서워하는 것은 화난 이모이기도 했지만, 그렇게 웃는 이모이기도 했기에 나는 움츠러든다. 내가 점점 작아져, 내가 없어질 때까지 움츠러든다.

"지금이라도 그만둔다고 할까?"

은주를 보며 묻는다. '여기까지 왔는데, 물러날 수는 없잖아'라는 표정을 지으며 "지금이라도 그만둔다고 할까?"라고 묻고 있다.

화장실에서 나오자 조정은 곧 시작된다. 원고와 피고를 번갈아 내보내고 들여보내며 판사는 회유를 시작한다. 이것저것 묻고, 양보할 의향이 있는지 묻는다. 이모는 한 푼도 줄 수 없다며 강경하다. 다만, 내가 이모 집으로 들어온다면 학비와 생활비를 대주겠다고, 하지만 그게 아니라면 어떤 선택도 하지 않을 것이라고. 내가, 어떤 심정으로 그곳을 빠져나왔는데. 집을 나오고 한동안은 압구정동을 향해 잠자는 머리도 향하지 않겠다고 이를 악물던 나였다. 그런데 학비를 대주겠다니, 그러니 마음껏 공부하라니. 공부를 하고 싶다 말하는 나도, 사실, 가슴을 납작하게 틀어막고 살아가면서까지 공부할 열정은 없는 것이다.

문득 회의가 밀려온다. 공부가 하고 싶어서, 학비가 없으니,

그러니 재판에 이겨 공부를 하겠다고 해 놓고는 막상 이모 집에 와서 공부하라는 말에는 '절대' 그럴 수 없다고 생각하다니. 사실은 그렇게 절실하지 않은 것이다. 공부를 하고 싶다는 마음이 얽매인 청춘에 비해 조금도 절실하지 않은 것이다. 그런 나는, 그렇게 절실하지도 않으면서 왜 이런 극단적인 선택을 한 것인지, 허공을 바라보는 내 표정이 역겹다. 토악질이 나온다. '좀 편하게 살고 싶어서 그런다고 왜 스스로 인정하지 않니.' 토사물이 내게 묻는다. '엄마 것이었으니 네 것 같아서 그랬다고, 돈이라는 게 있어야 시집도 갈 것 아니냐고, 왜 솔직히 인정하지 않는 거니, 공부를 하고 싶어 그랬다고 하면 누가 멋지다고 상이라도 줄 것 같아서 그러니, 네 스스로 속물이라는 것을 인정하는 것이 뭐가 그렇게 두렵니. 너, 정말 역겹구나. 가증스러워.' 이모가 내게 했던 말을, 내가 내게 하고 있다. 나이는 허투루 먹는 것은 아닌 모양인지, 나이 든 이모의 안목에 경의를 표할 수밖에 없다.

'이모가 맞았어요.'

싸움은 길어진다. 시작할 땐 비장했지만, 시간이 갈수록 초조해지며, 혀가 바짝바짝 타 들어간다. 그 순간에도 나를 욕하고 있을 것이라는 생각에 자유롭지 못하다. 이것으로, 이모는 나를 버렸다. 그러니 다른 친척들도 다 나를 버렸을 거야, 라는 생각에 허우적거린다. 한번 커진 망상은 쉽사리 나를 놓아주지 않는다. 이모는, 싸움이 어떻게 되든 형제가 있겠지만 나는 그들을 볼 수 없을 것이라는 생각이 짓누른다.

그렇게 이모를 조정실에서 몇 번 마주치던 어느 날, 사촌 언니를 만난다. 신촌에서 집으로 오는 길, 버스 안에서 친구와 왁자지껄 떠들다, 한눈에 봤음에도, 알아볼 수 있다. 언니다. "오랜만이야, 언니."라고 망설이지 않고 웃으며 인사한다.

언니는 나를 비난하지 않는다. 인사를 무시하지도 않는다. 내가 미우냐는 질문에도 "내가 뭘 아니"라며 그저, 웃는다.

'고마워.' 몇 번이고 기쁜 마음을 감출 수 없다. 농담을 늘어놓을 수 있다는 것에 놀란다. 내가 예전처럼 언니에게 농담을 하고 있구나. 이모와는 법원에서 마주치면서도, 딸인 언니와는 버스에서 마주칠 수 있구나. 이모에게는 굳은 얼굴로 인사도 제대로 못하지만, 언니에게는 농담도 할 수 있구나. 그러나 몇 달 뒤, 이모가 말한다.

"신촌에서 아르바이트라도 하니? 널 몇 번 봤다던데……."

생각해 보니 그때 언니와 마주친 이후 아는 오빠네 가게서 한 달인가 일을 도와 준 적이 있다. 한 달이나 될까, 그 짧은 시간 동안 나를 몇 번이나 봤다는 것이다. 하지만 나는, 그날 버스에서 우연히 마주친 이후 한 번도 언니와 인사를 하지 못했다. 나를 몇 번이나 본 언니는 한 번도 내게 말을 걸지 않았다.

이거구나, 이게 잃은 거구나 싶은 마음이 그때만큼 사무친 적이 없다. 작은이모에게 전화를 걸어 울며 묻는다.
"이모도 제가 미우신가요."
작은이모는 그런 내게 말하신다.
"아니란다, 내가 널 왜 미워하겠니."
 누구에게든 그 이야기를 들을 수 있을 것이라 생각했던 어리석은 나를, 언니는 몇 번이나 봤으면서도 한 번도 말을 걸지 않았다는 이야기를 하고 계신다. '집 나왔던 며칠 후 나를 마주쳤을 때, 택시를 타고 도망치려는 나를 잡기 위해 뒤쫓아왔던 언니, 다시는 그런 일 죽어도 없겠구나.'

 그날 밤, 이모 꿈을 꾼다. 빈다. 용서해 달라고 빌고, 이해해 달라고 빌며, 미안하다고, 미안하다고, 그렇게도 빈다. 내가 그게 최선의 방법이라 생각했던 것, 내 주변 사람들이 그게 당연하다고 생각했던 것. 내 스스로 어쩔 수 없다고 수없이 자위하던 그 일에 대해, 나는 빌고, 울고, 무릎을 꿇는다. 내가 원망하지 말자고 내 마음을 다스렸던 일에 대해, 내가 미안해 하다니. 어머니의 유산을 돌려 달라 말하는 것은 정당했지만, 그러나 친족 간의 소송이란 돌이키고 또 돌이켰어야 할 일이었다. 허나, 나는 누구의 힘을 빌지 않고서는 이모 앞에서 도저히 그 이야기를 꺼낼 자신이 없었다. 그대로 이모의 매가 내 등을 후려칠 것 같아 그것은 용기가 아니라, 무모함에 가까웠다.

나는 아직도 너를 사랑한단다, 판사 앞에서 그런 제스처로 나를 끌어안던 이모의 손길에 '악' 하고 소리를 질러 버린다. 법원 안에서 소리를 지를 정도로 이모가 무섭다. 판사의 얼굴이 일그러지는 것을 본다. 판사는 그런 이모를 향해 나이 어린 원고를 회유하려 들거나 기망하지 말라고도 한다. 하지만, 그런 친절 어린 발언에도 불구하고 내가 두려운 것은 그 조정실 안의 모든 사람들이다. 판사는, 나이가 어림에도 원고로 인정해야 한다는 식으로 말하지만 내 어릴 적 기억은 믿지 않는다. 다섯 살의 내게, 사생아라는 사실을 이야기했을 정도로 내게 숨길 것 없는 엄마였다. 재혼에 대해서도 내게 의논하고, 누구에게 얼마를 빌려 줬다며 그것을 받으러 갈 때마다 내 손을 잡고 가던 엄마였는데 판사는 나이 어린 원고의 이야기는 믿지 않는다. 그렇게 어린 기억이 어찌 맞다 할 수 있겠느냐 한다. 저 사람, '나이 어린 조카가 길러 주신 은혜도 모르고 잘도 이런 짓을 벌이고 있구나'라고 생각하는 걸까. 사람들의 시선이, '넌, 결국 돈이나 밝히는 어린 계집아이일 뿐이잖아'라며 꽂힌다.

그렇게 낮에는 소리를 지르고, 밤이 되면 용서를 빈다. 먹먹한 나날들에, 먹먹한 꿈에, 언니가 더해진다. 더 이상 언니는 사람 좋은 웃음을 짓지 않는다. 용서를 받았는지는 떠오르지 않는다. 울고, 빌고, 두려워하다, 꿈에서 깨곤 하니까. 눈을 떠 주위를 살피고, 그것이 꿈이라는 것을 알아차리는 데까지 몇 분이나 걸릴 정도로 생생한 꿈이다. 용서를 받았는지 떠오르지 않아, 나는 작은이모네 언니의 결혼식에도 갈 수 없다.

언니가 결혼을 한다. 꼭 오라고, 가도 되느냐고 묻는 내 물음에 굉장히 확신에 찬 목소리로, 꼭 오라 한다. 내 결혼식에도 꼭 오겠다고. 너도 괘념치 말고 오라고. 날짜가 다가올수록 나는 어찌할 줄 몰라 한다. 28일이던 결혼식, 한 달이 남고, 보름이 남고, 일주일이 남고, 정장을 꺼내 보았다가 다시 넣었다가, 블라우스를 입어 보았다가, 다시 넣었다가.

친절한 언니의, 그것도, 돌아가신 우리 엄마를 잊지 않아, 셋째인 큰이모를 작은이모라 불러 주는, 첫째인 우리 엄마의 큰이모 자리를 남겨 둔 B언니의 결혼식. 끝내 블라우스를 다시 옷장에 넣는다. 누구도 우리 엄마의 자리를 남겨 놓지 않는다. 사촌들은 이미 작은이모를 구분 없이 이모라고 부른다. 큰이모인 우리 엄마가, 더 이상 없는 탓이다. 하지만 끝까지 작은이모라고 부름으로써 큰이모인 우리 엄마의 여지를 남겨 두는 B언니의 친절에 짠한 것이 등골을 훑고 지나간다. 그런 언니니까, 나 하나 좋으라고 갈 수는 없는 노릇이다.

이미 미움을 독차지해 버린 내가, 신성한 결혼식에 나타난다면 친척들은 불편해 할 것이 뻔하다. 고래고래 욕을 할지도 모르는 일이다. 언니의 결혼식. 내게 가까운 사람들 중 처음으로 결혼을 하는 사람이다. 차림이 좋던 B언니의 감각으로 어떤 웨딩

드레스를 골랐을까, 남편이 될 사람은 어떤 사람일까. 다른 친척들은 어떻게 변했을까. 궁금증으로 가슴이 설레지만 블라우스를 다시 옷장에 걸어 놓는다.

'좋은 날인데, 끝까지 좋아야지, 와도 된다고 해 줘서 고마워, B언니.'

어느새 2년이 흐른 소송은 내가 얼마의 돈을 지급받는 것으로 끝이 난다. 그러자 멀뚱히 앉아 천장을 바라보며 죄책감에 허우적거리기 시작한다. 로또에 당첨된다 한들 기쁘지 않을 것 같다는 생각이 들 정도. 재판이 어렵게 끝나고 많지 않은 돈을 받아 월세살이를 끝내고 전셋집을 얻는다. 학비를 내고, 책상을 산다. 장롱을 사고, 그릇을 산다. 집에서 사기그릇을 쓰다니. 플라스틱 밥그릇으로 살아온 게 2년이고 그전에는 그나마 집에 수저 하나 없었다. 그래도 괜찮았다. 혹여 하얀 사기그릇에 따뜻한 밥 한 그릇이 놓인 집에 사는 이들은 자신의 손으로 일군 게 아닐 거라고. 그들이 쓰는 연필 하나, 그가 먹는 밥 한 그릇, 그가 입는 팬티 한 장 자신의 손으로 일군 게 아닐 거라고. 나는 방 안에 누워 주위를 둘러보며 말한다.

"이건 모두 내 거야."

'내 거'라는 것은 소유주가 나라는 의미보다 그것은 내가 일해 번 돈, 그것은 내 땀이 어린 돈이라는 의미다. 일회용 그릇에 담긴 찬물에 밥 말아 훌훌 털고 일어나도 나쁘지 않았다. 내가 일해 번 돈. 내가 일해 산 옷. 그 자부심은 굉장한 것이다. 돈 많은 집 딸이 부럽지 않다고 말하는 내 모습을 믿을 수 없다고 하는 이들이 많았지만 나는 그런 그들을 비웃어 줬다. 열여섯에 나와 이만큼 살기까지 내가 얼마나 괜찮은 녀석이었는지 당신들이 아느냐고.

그런 내가 재판을 마치고 전셋집을 얻고, 책을 사고, 책상을 사고, 침대를 산다. 튼튼해서 내가 올라가도 무너지지 않을 것 같은 책상을 사고, 더 이상 일어나도 허리가 아프지 않을 것 같은 침대를 산다. 오리털 이불을 사고, 예쁜 유리컵을 산다. 지금까지는 은주와 같이 써 왔는데 내가 혼자 이사를 하니 그동안 쓰던 것과 같은 것들이 필요하다며 산다. 내가 일궈 놓은 것들을 은주 집에 고스란히 남기고 새것을 산다. 더 좋은 것을 사고, 꿈꾸었던 것을 산다. 꿈꾸었던 전화기를 사고, 스탠드를 산다.

불편해. 마음이 아파.
더 좋은 집으로 이사하니 친구들은 그 집을 보며 성공했네, 고연주라고 말하지만 불편하다. 더 좋은 책상을 보며 친구들은 굉장하다고 하지만 불편하다. 집을 구했던 날. 그 돈을 받은 이튿날이 되면서부터 힘겹다. 엄마는 그렇게 고생해서 번 돈인데 내가 이렇게 좋은 집, 이렇게 따뜻한 방에 누워 있어도 괜찮아? 죄책감에 시달린다. 아무리 생각해도 갑자기 많은 돈이 주어졌다고 해서 흥청망청 쓴 것 같지 않은데. 아무리 생각해도 내게 필요한 것들이었는데 그럼에도 괴로워진다. 머리를 쥐어짜 낸다. 엄마, 미안해. 엄마가 그렇게 힘들게 번 돈인데 나만 좋은 집에 살아서 미안해. 엄마가 그렇게 춥게 번 돈인데 나는 따뜻하게 써서 미안해. 미안해. 미안해.

꿈에 엄마가 나온다. 내 눈에만 보이던 우리 엄마. 임미에게 묻는다.

"엄마, 나 많이 원망했지. 엄마가 그렇게 힘들게 번 돈인데 내가 이렇게 써 버려서 나 많이 미웠지? 엄마, 미안해. 엄마, 미안해."

"그래. 하지만 괜찮단다. 지금까지 그렇게 고생했으니 이 정도는 괜찮단다."

엄마의 가슴팍이 너무도 생생해 일어난 뒤에도 좀체 가슴이 멎지 않는다. 미안해, 엄마.

어쩌면 엄마는 그런 말을 하지 않았는지 모른다. 내가 죄책감에 시달리고 있으므로 그런 꿈은, 엄마가 정말 내 꿈에 나타난 것이 아니라 내 죄책감과 죄책감에서 벗어나려는 간사한 꾀가 만들어 낸 꿈일 수도 있다. 내 간사한 마음이 만들어 낸 요물 같은 꿈. 정말 인생 어렵게 산다고 누군가는 또 내게 말하겠지.

꿈에서 깨어 방을 둘러본다. 흐드러진 시곗바늘. 몽롱한 정신으로 투영되는 시곗바늘이 새벽 두 시를 가리키고 있다. 언제나 그렇군. 결정의 기로에 서면 나는 시간을 기다린다. 마음이 수면 아래로 가라앉는 시간. 단어가 수면 위로 똑 떨어지듯 퐁 소리가 유난히 크게 울리는 시간. 찬찬히 돌아보는 속에서 웅크릴 수 있는 시간. 공기의 울림이 유난히 크게 퍼지는 속에서 나를 돈다. 내 눈이 내 안에서 튀어나와 빙빙 돌아간다. 째깍째깍.

'새벽 두 시에 마치자.'

글을 쓰면서 몇 번이고 그렇게 생각한다. 시침이 숫자 2를 넘어가 버리면 헤어나기 힘든 감정의 나락으로 떨어지고 시침이 숫자 2에 닿지 않으면 내가 나를 돌아보지 못한다. 영국의 이름 없는 길을 걷던 때, 그래도 덜 추울 수 있었던 것은 하루 중 내게 가장 소중한 시간인 새벽 두 시라는 것이 나와 함께했기 때문이다. 그것은 아무도 나에게 무언가를 강요하지 않는 온전한 내 시간이라는 것과 다르다. 그 시간에 누군가와 술을 마셔도, 그 시간에 누군가가 자신을 보듬어 달라고 눈물로 손을 내밀어도 새벽 두 시란 결국 내 것이 된다.

새벽 두 시, 내 생각은 결단을 내린다. 오늘 나의 새벽 두 시는 내게 일단은 입시를 치르는 것이 중요하겠다고 말한다. 주옥같은 이야기를 어설프기 짝이 없는 문장들로밖에 엮어 낼 수 없는 내가 아니라, 삶의 냄새가 진동하는 글로 적을 수 있는 내가 되려고. 내 시간에 풀어놓은 나의 이야기. 그리고…….

이야기 속 아직 끝나지 않은 삶의 냄새들.

원고를 적어 놓고 한참이나 멍하니 앉아 있다. 글을 쓰는 일이라는 것이, 에너지를 소모하는 것이라고 생각해 본 적 없던 나다. 온몸 중 내 기억들이, 글 속으로 고스란히 옮겨가 기억으로 지탱하던 내 몸이 그대로 쓰러져 버릴 듯 위태롭다. 기억들을 뱉고 나니, 어쩌면 나, 기억으로 살아왔구나.

글을 쓰면서 몇 번이고 되돌리고 싶어 안절부절못한다. 그것, 혹은 기억이 되었다가 문장이 된다. 하나, 일단은 그대로 두자고 생각한다. 어차피 과거라는 것은 과거로 존재하는 것이 아니어서 내 기억으로 그 과거는 힘을 갖고, 잃는다.

원고를 보내기 위해 인터넷 익스플로러를 켠다. 파일을 첨부하였다가 내린다. 며칠 동안 몇 번이고 원고를 독촉하는 전화가 걸려 왔지만 나는 '아직' 이라고 말한다. 어쨌거나 끝난 이야기를 두고 '아직' 이라고 말한다.

'어쨌거나, 아직.'

에필로그

　서울예술대학 문예창작과에 가고 싶다고 생각했던 것은 십 년 전부터다. 서울예술대학이라는 곳에 문예창작과라는 것이 있다는 것을 안 열둘의 나, 그곳에 가야겠다고 마음먹었다. 그러다 훌쩍 십여 년이 흘러 그곳에 원서를 넣는다. 원서를 적는 찰나 하나하나가 내겐 열망. 검정고시 출신이라 추가서류를 제출해야 한다. 열 시부터 원서 접수가 시작되어 열 시 사 분에 원서를 접수하고 열 시 십오 분 학교에 도착한다. 누구보다 먼저. 글을 쓰는 것으로는 내가 1등을 할 수 없을 것이나 원서를 넣는 그 열망만큼은 누구보다 먼저라며. 교무처 사람들이 내게 묻는다. 원서를 접수하기는 한 것이냐고. 또박또박 그런다. 나, 이 학교를 가고 싶어 원서를 넣기도 전에 학교 앞으로 이사했노라고. 저,

정말 떨어지면 큰일 나요. 우스갯소리를 한다.

  시험이 다가오는 시간을 기다리는 초조함은 없다. 맛있는 음식이 나오는 것을 기다리듯 날을 센다. 손가락을 꼽아 가며. 소풍을 기다리는 아이처럼. 시험 전날, 나는 도무지 잠에 들지 못한다. 내일이면 십 년의 희망이 이루어질 것이라고. 애초 목표는 시험 당일이 아니었다. 합격자 발표날, 그곳에 내 이름이 오르는 것. 목표를 2월 6일로 잡는다. 그것은 합격에 대한 확신과는 다르다. 희망에 대한 확신. 영국의 어느 공원, 11월의 바람을 옷깃 사이로 들여 가며 잠을 자던 그날 밤의 희밍. 몇 년 후의 나는 그 대학을 갈 거야. 몇 년 후의 나는 그 대학 안에 있을 거라고.

시험장 안에 앉는다. 10분이나 이르게 도착한다. 시험날에도 누구보다 먼저 도착하고 싶었지만 그곳에서 기다림을 가진다면 글을 쓰기도 전에 내 희망에 짓눌려 진이 빠질까봐 조심스럽게 10분 전에 도착한다. 시험지를 받는 손길이 급하다. 무엇을 쓸지 머리가 어지럽다. 하얀 백지를 본다. '나에게 하는 말' 멍하니 주어진 제목을 바라본다.

그러고는 아무것도 하지 못한다.

시간이 십 분을 넘긴다. 시간이 삼십 분을 넘긴다. 시간이 한 시간을 넘긴다. 시험 시간은 총 한 시간 삼 십분. 하얀 백지처럼 하얀 머릿속으로 한 시간을 넘긴다. 한 시간이 넘어가자 초조해진다. 무엇이든 써야 해. 시간이 넘어갈수록 머릿속 가득한 새

공책을 넘긴다. 종잇장이 넘어가는 소리가 목구멍까지 차오르지만 아무것도 보지 못한다.

 첫날에는 울었다. 하도 악악거리며 울었기에 내장을 모두 토해 내는 것은 아닐까 근심스러워 울기를 멈췄을 정도로 많은 눈물을 흘렸다. 숨이 가쁠 정도로 울어대다 드디어 고개를 들었다. 떠나자, 첫날에는 떠나자고 마음먹었다. 이튿날에는 면접을 봤다. 여전히 여유롭기에 그런 내가 부끄러워 숨어 버릴 정도로 천연덕스럽게 면접도 봤다. 필요 없는 짓이라는 것을 내내 뇌면서 묻는 말에 꼬박꼬박 잘도 답했다. 그러고는 K와 술을 마셨다. 이기적이라던 K. 내 아픔이 눈앞에 있지만 자신의 아픔 때문에 보듬어 줄 수 없어 미안하다던 K와 술을 마셨다. 고마워, K. 웃을 수 있었으니까. 내 아픔에 대해 이러쿵저러쿵 하는 것은 '진부하게도' 지겹더라.

그리고 그 이튿날에는 이집트행 비행기에 올랐다. 열다섯 시간의 비행. 두바이를 거쳐 카이로에 내리는 동안 내내 학교를 생각했다. 내가 놓치고 온 것. 단 한 시간 반 만에 손아귀에서 빠져나간 것. 스르르 놓쳐 버리기에는 너무나 짧았던 시간. 이제는 그 끝자락도 보이지 않는.

올해 1학기 등록금으로 비행기 표를 샀다. 그런 나를 두고 K는 내내 그러다 덜컥 합격이라도 하면 어쩌느냐 따져 물었다. 아주 시니컬하게 웃어 주며 답했다. "그런 식으로 미련을 갖게 하지

마." 그런 내가 이집트에서 집을 구하는데 얼마나 묵을 거냐는 사람들의 물음에 말했다. "정확한 건 2주일 정도 지나 봐야 알 수 있을 것 같아요."라고. 설사 K의 말대로 내가 합격하면 2학기 분 등록금을 1학기에 내면 되는 일이다. 그리고 계획해 두었던 태국 여행을 취소했으니 여행 경비는 어차피 거기서 거기다. 그럼에도 나는 일부러 1학기 분 등록금으로 표를 샀다.

체념하기 위한 발악.

DAUM에 있는 서울예대 입시생 카페에서 채팅을 했다던 어떤 이의 이야기를 들었다. 어쩌다 어쩌다 내 이야기가 나왔다고. 내 닉네임이 나오더니, 그 옆의 누군가도 나를 알더란 이야기를 하더라고. 그러더니 또 누군가가 내 블로그에 자주 드나들었다는 이야기도 하더라고.

그들은 내가 불쌍했을까.

어쨌거나 상관없는 이야기. 정말 열심히 썼는데, 나는 그래서 여기까지밖에, 도저히 못 쓰겠습니다. 하는 시험지를 내밀었는데 내가 떨어졌다면 난 슬프지 않고 화가 났겠지. 화나지 못하고 슬픈 내가, 내가 봐도 불쌍한데 그들은 내가 얼마나 불쌍했을까.

이집트는 서늘하다. 사기를 치기 위해 차를 모는 것 같은 택시 기사가 살고, 관광객에게 한 푼이라도 더 받기 위해 가게를 연 것 같은 주인이 살고, 마구 얼굴을 비벼대는 어느 술 취한 이집

션이 사는 나라. 서늘한 이집트. 그래, 쓰자. 술 취한 K가 내 손을 잡고 하던 말. 넌 글을 써야 돼. 서늘한 사막의 뜨거운 태양, 그 아래서. 그래, 쓰자.

거창한 꿈도 이렇다 할 재주도 없지만, 그래서 "쓰자"라고 말하고 있는 내가 무안해지지만 그래도, 그러니까 더욱더 쓰자. 체념, 미련, 포기, 악다구니. 그것을 쓰자. 다른 것은 어떤 것도 내 가슴을 뛰게 하지 못하니. 그것 때문에라도 쓰자. 2월6일, 4시가 되어 또 한 번 악악거리며 내장이 비어 버릴 눈물을 흘리더라도 쓰자. 하얀 천장이 자꾸만 내 하얀 시험지 같아 눈을 감을 수 없더라도 쓰자.

그래, 쓰자.